JN144560

BB/PP

Hisaki Matsuura

松浦寿輝

講談社

BB／PP

装幀　松田行正

目次

B
B
／
P
P

するすると、戸があいたとたんに、血の川が、こちらへ、ひたひたと流れよってきて……

――「青ひげ」（金田鬼一訳『グリム童話集』より）

沙汰のかぎりを尽くした挙げ句、もう静かな老後の生活に入ってもいい頃ではないかと男は考えた。女の血のあの甘いにおいというもの、以前はそれがたまらなく好きで、ただにおいを嗅ぐだけではおさまらず、べたつくものを軀中になすりつけ、まだぬくもりをとどめる血溜まりの中を転げまわり、部屋に籠もる腥い温気を胸いっぱいに吸いこんでは陶酔の吐息を洩らしたものなのに、近頃はむしろその甘たるさがかえって鼻につき、胸が焼け、軽い吐き気さえ覚える始末。それは男性の血特有の酸っぱい悪臭によってかき立てられる吐き気と大して変わらないような気さえ今ではする。まだ四十をいくつも出てはいないのに、おれも歳をとったかなと男はさみしく独りごち、しかしこの飽満感、倦怠感も、やるだけのことはやった、やりおおせたということの証しかという仄かな自足の思いも湧いた。そこはかとない誇らしさもある。

　生身の女にはもう飽いた、血と肉はもうたくさんという妙にさっぱりした心境になり、清廉な僧侶のような枯れた余生をおくるかと殊勝な志もきざして、そんな自分を褒めてやりたくなる。激したことを遠ざけて節度と中庸の徳に生きる、そんな年齢におれもとうとうなったか。「殊勝」も「褒めてやりたい」も「徳」ももちろん男が自分で自分に差し向けたいい気な感想で、もし男に惨殺された妻たちの霊がまだ成仏できずにこの汚穢（おわい）の濁世をさまよっていてそんな言葉の切れ端を耳にしたら、猛り狂った魔物と化して男に祟り、憤怒の形相で襲いかかってきそうなものだが、むろんそんな思念は男の心を一瞬たりともよぎらない。霊など信じていない男にとっては、生きものは死ねば無だった。ただの物だった。そもそも男は過去はいっさい振り返らない性（たち）だった。

　静かに生きる。それがいいと男は思った。とはいえ性欲というものはあり、こればかりはまだまだ涸れるはずもなく、だから申し訳ないことながらなまぐさ坊主として、人並みに充実した性生活をおくらせてもらいたい。では、余生はおとなしくおもちゃとでも遊んで過ごすかと思い立ち、巷で評判のタイレル社製ヒト型人工フェミニン擬體Ｆ－３０００とやらに興味を持った。お台場の日本支社に電話してみると、三十代のアメリカ人の支社長自身が部下を伴い、息せき切って駆けつけてきた。値段を聞いて少々たじろいだが、ランボルギーニの最高級車の十数台ぶん程度と考えれば少々高めのおもちゃの範疇に入るかと思い直し、ＰＰグレードを一体注文することに決めた。ＰＰはPurple Pubesの略であそこの毛が紫色なのだという。

――だって、あそこの毛って言うけどな……。そんなものの色なんかすぐ染め替えられるし、些末な話じゃないか。だいたい髪の毛だって瞳の色だって、パーツを交換すれば簡単に変えられる。そうだろ？　違うか？

――オフ・コース、と支社長は言った。ただし、陰毛の色はですね、この場合、グレードを表わすシンボリックな目印とお考えください。こういう製品ですし、当社のまあ、ちょっとした遊び心と言いますか、その色で等級分けをしてございます。ＰＰは、高級仕様のＲＰ（つまりRed Pubes）のさらに上の、プレミアム・グレードです。性能も素材も、全身にわたってずば抜けて優れた最上等品ということになります。もちろんお値段は少々お高くなりますが……。

——ふん。

——その陰毛というもの一つとってみても、ＰＰの場合、単に紫色というだけではなく、最上質の人工繊維を使用したきわめて細い毛を、一本一本、手仕事で慎重に植えつけてあり……。

最上等、最高級というのは男の大好きな言葉だった。面白いではないか。おれは青ひげ、Blue Beard、その男がPurple Pubesの女を伴侶に娶る。ＢＢとＰＰのカップルというわけだ。

その後、タイレル社の担当者と長時間の面談を何度も重ね、自分が女に何を求めるかを細部に至るまで徹底的に伝えた。寸法、機能、肌の質感はもとよりＡＩの性格付けまで事細かに指定した特注品は、五ヵ月も待たされてようやく届いた。本体とは別に、交換用のパーツや修理用のツールが詰まった大きなコンテナも運びこまれた。

納品に立ち会うために一緒にやって来た技師が、取り扱い方法をひと通り説明した後、開梱して居間の床に寝かせた女のＡＩを起動した。すると女は、もっともらしいためらいがちな瞬きに続いてゆっくりと目を見開き、慎重な身のこなしで立ち上がり、これもまたもっともらしい好奇の表情を浮かべてあたりを見回している。長い歳月眠りつづけたお姫様がふと目覚め、目に映るすべてが不思議で新鮮で面白くてたまらないといった態。ものいたげにこちらに向けた女の視線を捉え、濃紫色の地の中に金色の微細な火花が散った彼女の瞳に魅了されながら、それを真っ直ぐに覗きこみ、ぼくがきみの夫だ、きみの名前はPP、ぼくのことはBBと呼んでくれ、と申し渡した。

――わかりました、BB、よろしくお願いします、と女は耳に心地良く響くアルトの声で言ってにっこりした。

言葉遣いは敬語水準Cレベルに設定してある。何々でございましょうか、まことに恐れ入りますがなどと恭しく馬鹿丁寧にやられるのはかえって気ぶっせいだ。男が欲しいのは奴隷でも女中でもなく妻だった。夫を心底愛し尊敬している従順な妻。

――もちろん自分で着替えもできるんですよ。今はとりあえずこれを着せてありますが、と言いながら技師が女のまとっている真っ白な寛衣の袖をつまもうとしたので、かっとなった男は、技師の頬をいきなり平手でびしっとはたき、

――触るんじゃない、この阿呆、と低い声で冷たく言った。

——はっ、申し訳ございません、と呟いた技師は怯えた鼠のような表情を浮かべてぱっと後じさった。そもそも最初に会ったときから、この身長百九十センチもある筋骨隆々とした男の生やしている真っ青なひげが気味が悪くてたまらなかった。

——いえ、ただ、着替え用のスーツやドレスを幾着か、サービスでお付けできるという説明をしようと思いまして。シャネル、ディオールなどどんなブランドでもお好みで選べますし、下着、パジャマなど付属品も揃いで——。

——そんなものは要らん。あとはこっちで適当にやるから、もう帰っていいぞ、とにべもなく言い渡すと、技師は荷運びのためについてきたアシスタント二人を促し、萎縮しきった醜い顔つきのまま早々に逃げていった。

男は広い居間にPPと二人きりで残された。PPは無表情に立ち尽くし、ときおり所在なげに手ぐしで髪をかき上げたり、筋肉をほぐすように伸びをしたりしている。もちろん筋肉などないのだが、「手持ちぶさたの状態」を表現するべくプログラミングされた初期設定の常同動作だろう。無意味な笑みは浮かべない、過剰な愛嬌を振りまかない、無駄口を叩かない、そういう女にしてくれという注文を男はあらかじめ出していた。十八歳ほどの外見、背は高めでやや痩せぎす、軽くウェーブがかかった長い黒髪、堂々とした尻、すべて注文通りだった。むろん息を呑むような美人である。ほんの少々低めの体温という指定も実現されているかどうか手を当てて確かめたかったが、いきなりじかに触れるのも憚られた。

とりあえず家の中を案内して回り、少しずつ会話を交わしながらPPの反応を探ってみる。

——このガラス戸の向こう側がテラスだよ。さ、出てきてごらん。海が見えるから。

——ガラス戸、テラス、海、とPPはひとことひとことじっくりと噛みしめるように発音しながら、かすかにぎくしゃくした足取りで、BBの後に忠実につき従ってくる。並んで手摺りにもたれて微風に吹かれながら、

——美しい眺めだろ、とBBは言い、何と完璧な女だろうと感嘆しながら横にいる女の横顔を注視した。

——美しい眺めですね、とPPは鸚鵡返しのように繰り返した。

夕暮れどきで、燃え尽きる直前にひときわ激しく熾る炎のように、水平線に没しかけた夕陽が海上にまばゆい茜色の光の筋を広げている。

BBの邸宅は外房の人里離れた岬に建っていた。四ヘクタールもある広大な敷地の周囲

を高さ三メートル半のコンクリート塀で隙間なく囲い、人を寄せつけないようにしている。七、八十年ほど前、二十一世紀初頭あたりと比べると日本の人口は半分以下になっており、千葉県のこのあたりなどもう辺鄙な過疎地と化し、近隣で小さな畑を汲々と耕してかつかつ喰っている貧農どもはBBの邸宅などに興味を持つ生活のゆとりはないし、観光スポットのたぐいもいっさいないから物見高い暇な連中が徘徊することもない。だからそんな頑丈な塀で防御を固める必要など本当はないのだが、BBはともかく自分の城を外界から完全に隔離しておきたかった。火力の強い大型焼却炉（これは妻をとっかえひっかえしている男には不可欠だった）を備えた宏壮な家はガラスをふんだんに使った贅を凝らしたポストモダン建築だが、敷地内にはいっさい手をかけず、門から家のポーチまで細い車道を通した以外はほっぽらかしてあるので、ごろた石の転がる荒れ地の間に、繁りほうだいの雑木林や草ぼうぼうの野原が点在しているばかり。耳が聞こえず口も利けない屈強な執事と、BBが子供の頃からかしずいてきた年寄りの乳母だけを家に置き、家の切り盛りをさせている。二人ともあるじに忠義で、絶対服従が習い性になっている。

——なあ、美しいってどういうことか、わかっているのかな？　と、鸚鵡返しの返答に物足りない気持になったBBが追及してみると、

――美しいというのは……かたちや色や音の響きが、調和がとれていて、目や耳に快く感じられること。そうでしょう？　と言ってPPはBBの顔を真っ直ぐに見た。PPの濃紫色の虹彩に夕陽の茜色がまばゆく映え、BBは何やらその瞳の中へ、奥へすうっと吸いこまれていきそうな気がした。

――そうだよ。たとえば夕陽が照り映えたこの海のように。

――夕陽が照り映えた、この、海、とゆっくりと呟いてPPは少し笑い、海景に目を戻し、美しい眺めですね、とまた言った。その笑みは無心だった。無垢、無邪気というよりむしろ、無心。まだ心がないのだから当然だろう。

PPのAIには簡単な日本語辞書しか入れていない。画像や動画もいっさい入っていない。百科事典をはじめ何万冊もの言語情報、映像情報をあらかじめセットインしておくのは容易だし、物心ついて以来の、一人の少女の成長の過程を捏造された擬似記憶として植え付けておくこともできる。その成長物語のヴァージョンも数多く取り揃えてあるし、また注文に応じてオリジナルなプロットを新しく書き下ろすこともできる――タイレル社の担当者はそう説明した。そういうものをAIに入れておいた方が「人間らしい」ですよ、と彼は強く勧めたが、BBはそのすべてを断った。世界のことも異性のことも何も知らない、真っ白なカンバス地のような女。ＢＢが欲しいのはそれだった。

　夕暮れの海に見とれているＰＰの無心な笑みを横目でちらちら見ながら、この女ならおれは愛せるかもしれない、とＢＢは思い、動悸が少し速くなるのを感じた。交接を何度重ねた後でも切り刻みたくなったりはしないかもしれない。そもそも切り刻んでも血は出ないのだし……。そうだ、最初から「人間らしく」ある必要などさらさらないのだ。おれの庇護の下で、おれの感化を受けて、おれからいろいろ教えられて、「人間らしく」なっていけば、それでいい。

　不意に微風が吹いてきて、潮の香に混ざってＰＰの軀がまとう艶めかしいかすかなにおいがＢＢの鼻孔をくすぐった。ベースになっているのは、発育盛りの思春期の少女の体臭に一抹の龍涎香（アンバーグリス）その他を加えた特注品で、うるさく注文をつけて何度も何度も調合をやり直させ、そのつど試作品を送らせつづけ、挙げ句にようやくＯＫを出したものだ。もちろんそれは平時のベースとなる体臭にすぎず、体調や気分に応じてそれが様々な微妙な変化を示すように設計されている。

　いつの間にか手を繋いでいた。ＰＰの手はしっとりとしていて冷たかった。ＰＰは繋がれた自分の手を少し持ち上げ、それを握っているＢＢの手を途惑ったように見つめ、軽く力を入れて握り返し、またかすかに微笑んだ。ＢＢはＰＰの手を自分の口元に持っていってその指先に唇をそっと当てた。口に接吻するのはまだ憚られた。

ＰＰのＡＩは、ＢＢの要望に従って、自分の中に電子情報を直接流しこめず、電網に繋がることもできないように設計されているはずだった。何かを学習するためには、言語を通じて理解してゆくか、自分自身の五官を用い軀を通して実体験してゆくほかはない。つまり人間の脳と同じ条件で成長してゆくしかないということだ。しかし、その成長の速度にはきっと驚かれることでしょう、と担当者は言っていた。

——実のところ、本製品の原価の半分以上は、搭載しているＡＩの開発費用なんですよ。

——ほう。

——何しろ、自己秩序生成型ＡＩとしては最高品質の試作品ですからねえ。いったん起動させたが最後、どこまで進化してゆくのか、見当もつきません。知能も感情も欲望も、もの凄い勢いで拡大、深化、精密化してゆくはずです。正直言うと、わたしはちょっと怖いくらいなんで……。

——怖い？　何が怖いんだ？　とＢＢは不思議そうに問い返した。

――いや、何と言いますか……。いわゆる知能、いわゆる感情、いわゆる意志、それから感覚だの欲望だの、そんなものはむろんもう何十年も前から解析され、データ化されています。それらの発達、変容、減衰プロセスのアルゴリズムも、きわめて精緻なものがとっくのむかしに書き上げられています。しかし、知、情、意が総合され統合された姿……ひとことでまあ、「人格」とでも言いましょうか、その本質が何なのかは、まだ認知科学も大脳生理学も完全には解明してはいないのですよ。

――人格、ねえ……。

――急速な進化の果てに、このＡＩがどういう人格を備えてゆくことになるのか、それがわたしにはどうも……。

――面白いじゃないか。どういう女になってゆくのか、おれは楽しみでならないよ。とにかく何度も言うように、最初からインプットしておいてほしいのは、夫であるおれへの愛と尊敬、それだけでいい。

――しかし、人格が円満に成熟してゆくには、やはり初期設定として、何か安定した堅固な基盤があった方が良いと思うんですよ。たとえば、両親にいつくしまれてすこやかに育った幸福な幼児期の記憶、といったような……。

担当者の使った円満、安定、すこやかといった言葉がＢＢの癇に障った。両親にいつくしまれた幸福な記憶などひとかけらも持ち合わせていない彼自身の「人格」が貶められたようにも感じ、クライアントの要望をなぜ素直に聞けないのかという譴責を露わにした不機嫌な口調で、

——その基盤とやらは、おれの伴侶としてのこれからの生活の中で、徐々に培われていけばいいのさ、と決めつけた。初期設定の擬似記憶なんか、まったく必要ない。いいから、おれの言う通りにしてくれ。

実際、ＰＰは最初の日に夕刻に起動された瞬間以降、ＢＢの期待通りの「人間らしさ」を急速に身に着けていった。ぎくしゃくした身のこなしは数時間で消え、滑らかで優雅な挙措がそれに取って代わっていった。顔の表情には日に日に繊細なニュアンスが生まれ、受け答えの言葉も豊かなふくらみを帯びるようになっていった。ＢＢの相手をしていないときのＰＰは、ＢＢ邸の広大な図書室に詰まった膨大な蔵書を読みつづけるか、コンピューターに向かって電網から無数の情報を得つづけている。最初は『マザーグース童謡集』や『さんびきのこぶた』をゆっくりと声を出して読むところから始まったＰＰの読書は、そら恐ろしいような勢いで加速し、二週間も経たないうちに哲学や数学にまで及ぶことに

なった。やがて一瞥しただけでページ全体が一瞬で頭に入るようになり、閉じたままの本の最初のページにかけた親指を少しずつずらし、ぱらぱらぱらとページが繰られてゆくのに視線を投げているだけで何もかも理解してしまうほどになった。ヘーゲルの『精神現象学』やラカンの『エクリ』を読み終えるのに四、五十秒もかからない。コンピューターのキーボードは、不断に続く川のせせらぎのような音を立てながら一秒十打鍵というほどの速さで叩きつづける。

ＰＰに初めて接吻するまでＢＢは一週間かけた。ＰＰはためらい、羞じらい、怯え、しかしそれを押し切ってＢＢが唇を奪うと、防波堤が一挙に崩れたように情熱的に身をゆだねてきた。ＢＢの注文通りの、甘い息の香り……。

初夜を迎えるまでにはその時点からさらに二週間かけた。その二週間がＢＢにとっては人生でもっとも幸せな日々だったかもしれない。ＰＰは少しずつ接吻に慣れ、愛の恍惚感、幸福感を、そしてそれに伴う身体表現を学習していった。ＢＢは心底楽しんだ。接吻で目覚めた官能が昂進してゆくにつれ、ＰＰの真っ白な頬に少しずつ血の色がのぼってゆくさまを楽しんだ。ＢＢの愛撫の手が日を経るにつれ、ＰＰの背中に、胸へ、太腿へ、性器へと少しずつ領分を拡大していき、そのつどＰＰの顔に浮かぶ新たなためらい、羞じらい、怯えの色が、しかし彼女自身の欲望の昂り（たかぶり）によって押し流され、得も言われぬ陶酔の表情がそれに取って代わってゆくさまを楽しんだ。最初は驚きと畏れにおののきながら、勃起したＢＢの巨大な男根におずおずと指を触れてきたＰＰの、しとやかな内気と臆病を楽しんだ。

ついに迎えた初夜については無用な言葉は費やすまい。非のうちどころのない完璧な歓喜がそこにあったとだけ言っておけば十分だろう。ＰＰのたっぷりした紫色の恥毛（ＢＢは恥毛を旺盛に繁らせた女が好みだった）は美しく、いくら見つめつづけても飽きなかった。暁方の仄かな明るみの中、ＢＢはその柔らかな繊糸のような手触りに恍惚として、間近から見とれながらいつまでも撫でつづけた。ＰＰはひどく羞じらってそれをＢＢの目にさらすのを嫌がり、夫の顔を押しのけようと弱々しく抵抗したが、ＢＢが固執するとほどなく諦め、枕のうえに力なく頭を落とした。破瓜の衝撃、そしてそれに伴う無上の幸福感とで、ＰＰは頭が半ば麻痺状態になっているようだった。

正午近くになってようやく起きたＢＢは、どうしようかと迷ったが、結局、妻との初夜の後に決まって行なういつものルーチンを一応はこなしてみるかという気になった。頬を紅潮させたまま深く深く眠りこけているＰＰを揺すり起こし、優しく接吻したうえで、

――なあ、よんどころない事情で、ぼくは二、三日、留守にしなくちゃならないんだ、と言った。汗まみれのPPの肌から、いつもよりも濃くなった香りが立ちのぼる。女になった女のにおい、少女の頃よりもっと豊かでもっと艶冶(えんや)な、男をうずうずさせずにおかないにおい。

――いいかい、PP、ここに家中の鍵がある。どこでも勝手に開けて、何でも見てさしつかえない。ただし、この小さな黄金の鍵の合う部屋だけは絶対に入っちゃいけないよ。もしこの部屋のドアを開けたら、とんでもないことになるからね。

これまで何度も繰り返しすぎてもう飽きがきているそのセリフを、BBはいささか投げやり気味の機械的な早口で言い終えた。

――わかりましたわ、あなた、とPPは眠そうな目をこすりながら答えた。まだ寝ぼけていて、本当にわかっているのかどうか疑わしいようなぼんやりした表情で、BBから鍵束を受け取るなり、横の小机のうえに投げ出して、すぐにまた毛布の中に潜りこんだ。

――じゃあ、ぼくは行くよ。

――行ってらっしゃい。気をつけてね、大好きなBB、早く帰ってきてくださいね、という、満ち足りた眠りの中にとろりと溶けているような小さな声が、毛布の中から聞こえてきた。きっとおれと顔を合わせるのが面映ゆいのだろう。可愛いやつ。

ＢＢはヘリコプターで都心の別宅へ向かった。別宅は別宅でむろんそこにはまた別の楽しみがある。そこに三泊して帰ってくると、ＰＰは新妻にふさわしい喜色に輝く笑顔で出迎えてくれた。固く抱擁し合いひと通りの睦言を交わした後、ＢＢは、きみに預けた鍵はどこにあるかね、と尋ねた。例の鍵束は、三日前の朝ＰＰが寝室のベッド脇の小机に無造作に投げ出した、そのままの位置に放置されていた。まったく手を触れもしなかったのだという。それでもＢＢは疑わしげに黄金の鍵を取り上げてためつすがめつ、しげしげと注視してみた。不用意に使うとその鍵の表面が分子変化し、血の染みとも見紛う赤いしるしが現われるようになっている。鍵は手つかずのままだった。

よくやった、とＢＢは心の中で快哉を叫んだ。これまでの例に違わず、結局は鍵のうえに血色の斑点を見ることになるのではないかと、ＢＢはひどく恐れていた。もしＰＰが今までの妻たちと同じように、つまらぬ好奇心でこそこそと夫の秘密を覗こうとする女だったらどうする。もちろん「好奇心」だって知能や感情の発達に不可欠のパラメーターの一つなのだから、適度なそれはＰＰのＡＩにあらかじめセットインされているはずだった。ＰＰにゆだねた黄金の鍵に赤い染みを認める瞬間がいざ来たら、自分がどう反応するか予想がつかず、ヘリコプターで帰る途中も考えあぐね、結局は結論を出すことができなかった。仕方ないと諦めて一緒に暮らしつづけるか、あるいは、もうこのおもちゃに飽きたよと言ってタイレル社に返品するか、それとも、血が出ないのは物足りないながらPPをばらばらに解体するという例の遊戯に耽ってみるか、いやしかし、血のにおいに飽いたからこそこの女を手に入れたのだ、だとすれば……何やら堂々巡りするばかりで結論が出ない。しかし、すべては杞憂に終った。

中世フランスの変態性愛者ジル・ド・レ公の石造りの城ならともかく、BBの家の一階の廊下の突き当りにある「開かずの間」は、血の川が流れているわけでも石壁に先妻たちの死骸が吊り下げられているわけでもなく、きれいに磨かれたリノリウムの床のうえに清潔な解剖台と、大小のツールを収納したラックが置かれているだけの小部屋にすぎない。窓がなく、厳重な防音設備を施してあるのを除けば何の変哲もない、がらんとした小空間でしかない。そこを開けてみても面白くもなんともなく、そもそも何のための部屋か見当がつくはずもない。なのに、開けてはいけないと言われたというただそれだけのことで、女というものは開けてみたくてたまらなくなる。妻である以上、自分は夫の人生のすべてを知り、管理し、支配する当然の権利があると思いこんでいるのだ。愚かなものだ。その愚かさの代償は自分の血で、自分のいのちで支払ってもらわなければならない。

ＰＰにその愚かさがなかったことにＢＢはほっとした。他人には誰一人立ち入らせたくない秘密の一つや二つ、どんな男にもあるものだ。それを保持しつづけていられるからこそ、男は他人に優しくなれる。秘密の小部屋こそが男という生きものの、「人間らしさ」の、つまりはそれこそ「人格」の、最深部の基盤をかたちづくっている本質的な構成要素にほかならない。なぜ女にはそれが理解できないのかと、つねづねＢＢは舌打ちしていた。ひとたび「開かずの間」が開けられ人目にさらされてしまったら、おれの「人格」はもう成り立たなくなってしまう、立ち行かなくなってしまう。いくら配偶者であろうと、男の秘密を無神経に侵してくるような振る舞いは、徹底的に罰してやらなくてはならない。幸いＰＰはそれほど無神経でも愚かでもない極上の女だった。初めて出会った理想の妻だ、おれの宝物だとＢＢは思った。

満ち足りた日々が過ぎていった。これからはもう人並みの性生活で満足することにしよう、というのが当初ＢＢが自分に言い聞かせた言葉だったが、ＢＢの考える「人並み」が常識的な「人並み」の観念をかなり逸脱したものであったことは言っておかなくてはならない。それは庖丁で相手の肉を切り刻んだりはしないといった程度の謂いにすぎず、二人の躯が馴染み合ってくるにつれて、人が聞いたら眉をひそめそうな過激な性戯を、ＢＢは遠慮会釈もなくＰＰに仕掛け、仕向け、仕込むようになっていった。そして、ＰＰもそれによく応えた。ますますあさましく、ますます恥知らずになってゆく愛戯から、我にもあらず深い快楽を汲み取らずにはいられない自分自身の女の躯に途惑い、怯え、いったんは夫を拒み、しかし結局はどうにもあらがうことができず、羞じらいながらも官能の昂りに押し流されてゆく。

彼女のＡＩにも痛みの感覚はあるはずなのに、夫から何をされてもじっと耐え、苦痛を反転して快美感へと昇華しおおせてゆくすべを、ＰＰは急速に学びつつあるようだった。ＢＢにとって、多少痛めつけても傷一つつかず捻挫も骨折もしないこのヒト型擬體は、生身の女には求めても得られない頑丈な強度と耐久性を備えた最高の性玩具だった。ふだんはごくしとやかで、落ち着いたアルトの声で話し、ベッドではかぎりなく淫乱になって細く震えるソプラノの叫びをあげる妻に、彼は至極満足していた。

女になって体臭が多少変わろうと、ソプラノのよがり声を覚えようと、ＰＰの外見は顔立ちも躯も十八歳のままである。いつまでもそうなのだ。何年か経ってもしそれにも飽きたら、追加の金さえ出せば顔や躯の外観などむろんいくらでも作り直してもらえる。何だったらいっそＡＩをまた「初期化」してしまってもよい。何も知らないまっさらなＰＰとおずおずと手を繋ぐところから始めて、初めての接吻、初夜と、いたいけな少女に愛を教えこんでゆく過程をもう一度ぜんぶやり直すのだ。それを考えるとＢＢは舌なめずりするような気分になった。

何不足ない幸せな暮らしが二ヵ月半ほど過ぎた頃、原子力ビジネスの海外展開を任せていた部下から懇請され、ＢＢみずからどうしても立ち会わなければならない用件が生じた。ソウルから上海、ハノイと回って、会議や面談や交渉の密なスケジュールをこなしているうちに、いつの間にか十日近くが経っていた。出張の最終日、すべてが済んで霞が関の高層ビルの屋上のヘリポートを飛び立ったときにはもう深夜になっていた。敷地に降り立つや、操縦士にチップをはずんで地面に飛び降り、足早に家に向かった。玄関を通ってほとんど走るようにして居間に入るなり、笑顔で出迎えたＰＰを固く抱きしめ、激しい接吻を浴びせた。

――ああ、おれのＰＰ、いとしいＰＰ……。

――やっと帰ってきてくださったのね、大好きなＢＢ、会いたかったわ……。

十日間の別離が苦しくてならないほど、ＢＢはＰＰを愛するようになっていた。とるものもとりあえずＢＢは妻を二階の寝室にいざない、ボタンを跳ね飛ばすような勢いで自分の服を脱いで四方に放り投げ、ＰＰのドレスも引きむしるようにして剝ぎとり、その下から現われた愛おしく匂い立つ真っ白な肉体をベッドに押し倒した。ＰＰの弱々しい抗議の声は、ほどなくはしゃぎ立った嬌声に、次いで快楽の呻きに変わった。

いったん射精して少しは人心地がついたが、それでも欲望はまったく収まらず、休む間もなく二回目の愛戯に入る。しかしそのさなか、不意にぎくりとして、興奮に冷や水が浴びせられるように感じたのは、

——さて、と……。もうそろそろ、いいわね、と、ＰＰが妙に醒めたフラットな声で呟くのが耳に入った瞬間である。その直前まで彼女は、仰向けになったＢＢのうえに跨って激しく腰を振っていた。その動きを卒然と止め、それまで浮かべていた忘我の陶酔の表情を、拭い去ったように顔からかき消すや、ＰＰはそう言って、冷たいまなざしでＢＢの目を真っ直ぐに覗きこんだのだ。

——そろそろって……何だい、何がそろそろなんだ、と訊き返した、その次の瞬間、ＢＢは、妻の膣に収まったままの自分の男根が激しい力で締めつけられるのを感じ、悲鳴をあげた。硬く勃起した男根に加えられた圧力は容赦なく強くなり、さらに強くなり、もっ

ともっと強くなり……男根はついにべしっとへし折れた。同時に、その根もとに何か鋭い歯列でがぷりと嚙みつかれるような感触があった。ＢＢの腹にしっかり両手をついたＰＰがそのまま力任せにぐいと尻を浮かすと、ＢＢの男根は根もとからぶっちりと引きちぎれ、潰れた残骸が彼女の膣の中に残った。

激痛に軀をこわばらせたＢＢの目に、力士がしこを踏むような中腰の姿勢で、ＰＰが自分の膣に右手の指先を差し入れ、醜い血まみれの肉塊をずるりと引き出して、無造作にぺしゃっと床に投げつけるのが映った。

――おまえ、いったい何を……という囁きのような声を辛うじて絞り出したが、ＰＰはそれを言い終わらせもせず、もの凄い力で一発、ＢＢの顔をこぶしで殴った。何が起きたのかわからず、しばし呆然としていたが、続いて今度はもう一方のこぶしで顔の反対側を殴られるや、激痛にかすむ頭の中に、このままでいるときっと殺されるという直感が閃き、第三打を浴びせようと腕を引きかけたＰＰを突き飛ばし、何とかベッドから這い出して床に転げ落ちた。ＰＰはＢＢに起き上がるいとまを与えず、飛びかかってきてまた顔を何度も殴りつけてくる。遅ればせに反撃に転じ、妻の首を両手で摑んで力のかぎりに絞めてみるが、ＰＰはまったく動じず平然としている。それもそのはずで、この女の首には気管も頸動脈も通っていないのだった。そこで、ＰＰの左目に右手の人差し指と中指を突っ込んで、思い切りくじった。これは少々効いたようで、ＰＰはいったん飛びすさり、外れかけた眼球を元の位置に嵌め戻そうとしている。

その隙に廊下へ逃げ出そうと、ＢＢは苦痛をこらえてのろのろと起き上がり、ドアへ歩み寄ったが、ふたたび飛びついてきたＰＰから足払いを喰らい、派手にすっ転んでしまった。横ざまに倒れた素裸のＢＢの腹や胸や血まみれの鼠蹊部を、ＰＰは闇雲に蹴りつけてくる。苦痛に呻いて軀を丸めたところを、最後に頭部へのひと蹴りを喰らい、ＢＢは失神した。

ふと意識が戻った。脚を宙に浮かせた仰向けの姿勢で、二階から一階への階段を引きずり降ろされている途中だった。下るにつれてがん、がん、がんと後頭部が続けざまに階段のステップに叩きつけられ、寝室での一撃ですでに割れるように痛んでいる頭にさらに立て続けに衝撃が加えられてゆく。眩暈をこらえつつ、精いっぱいの声を張り上げて、

――おーい、助けてくれえ！　と叫んだ。叫んだつもりでも、口から洩れたのはしゃがれた呻き声でしかなかったが。

――呼んでも、無駄よ、と、ロープで縛り上げたＢＢの足首を後ろ手に摑み、軽々と引

きずりながら先に立って降りてゆくＰＰが、肩越しに振り向いて言った。執事も婆さんも、宵の口のうちに始末しておいたから。あんたが帰ってきたとき、焼却炉が燃えている作動音がまだ聞こえていたでしょ？　肉が焼けるにおいが漂っているのに気がつかなかった？　あたしとやりたくて無我夢中で帰ってきたんだねえ。まあ、そういうのも、可愛いっちゃ可愛いけれど……。

　ＢＢはまた気を失った。次に意識を取り戻したときには、一見、病室か診療室のように見えるぐるり白壁の部屋にいて、平らな台のうえに仰向けになり、煌々と輝く蛍光灯の光を浴びていた。一瞬、病院に運びこまれたのかという安堵の思いが湧きかけたが、固定されてほとんど動かせない首を何とか少しだけ左右にねじり、眩しさに目をしばたかせつつ周囲を見渡したとたんに、安堵はただちに失せた。ＢＢは自宅のあの秘密の小部屋の解剖台のうえに寝かされているのだった。手首、足首、太腿、腹、胸、首と、すべてが幅広の分厚い革具でがっちりと固定されている。この部屋のことも前の妻たちのことも、何もかもとっくのとうに知っていたのだ、あの女は。

　その女がすぐに視界に入ってきた。相変わらず一糸まとわぬままの真っ白な肢体を輝かせつつ、台の傍らに立ち、ＢＢの顔を見下ろしてにこやかに微笑んでいるＰＰは、沈んだ鈍色の光沢のある、鋭く尖った長さ三十センチほどの金属片のようなものを手にしていた。

——これ、高周波で動く超振動鋸なの。

そう言って、右手で自分の左手首を握るや、それをくるりと回してはずし、替わりにその超振動鋸とやらを嵌めこんでかちりと装着した。そして、電動ブレードと化したその左手を肩のあたりまで上げ、禍々しい刃面を光にかざして軽く振ってみせながら、自慢げな口調で、

——タングステンとベリリウムの合金製なの、鋼鉄だって切断できるのよ、と言った。あんたの骨なんか、チーズみたいにすぱすぱ切れちゃうわ。これ、見たことなかったでしょ？　あたしは本当は護身用ロボットとしても役立つように設計されていて、いろんなウェポン機能が搭載されてるの。納品の日にあの技師さんが、そういうこともいろいろと説明しようとしていたらしいのに、あんなふうにすげなく追い返しちゃうんだもの。軽率だったわねえ。

さて、それから、その鋸を使ってPPがBBに対して始めたのは……言ってみればまあ、BBが以前の妻たちに対してやってきたのと似たり寄ったりのことだった。相違点と

言えば、ＢＢがなかなか死なせてもらえなかったということくらいか。ＢＢ自身はかつての妻たちに対してもっとずっと慈悲深かったものだ。新しい傷口や切断面ができるたびに止血用の特殊ジェルがただちに塗布されるので、失血死の到来をどれほど渇望しようが、いつまで経ってもそれに至り着けない。ＢＢが声をかぎりに絶叫しつづけたのも最初の三十分ほどで、やがて咽喉（のど）がかれ声帯が破れて、よだれに血が混じり出し、声が出なくなった。というよりむしろそれ以前に叫び声を上げる気力自体が尽きていた。

失神することも許されなかった。あまりに凄絶な痛みで意識が薄れかけるたびに軽い覚醒剤が注射され、すると喪心状態から無情に呼び戻されて、弱まりかけていた心臓がまた強く搏動しはじめる。その注射には感覚器を極限まで鋭く研ぎ澄ませる効能もあり、痛覚を通常の何倍、何十倍にも増幅した。もともとＢＢが性戯のさなかに使って楽しむのを習慣にしていた薬剤である。

繰り返される止血処置にもかかわらず、すでにおびただしい血が流れ出し、床の血溜まりは広がりつづけているに違いなかった。そんなものに目を向ける余裕などむろんもうＢＢにはなくなっていたが、ときどきＰＰが少し後じさりして、あたりを見回しつつ、無心な笑みを浮かべながら、

――美しい眺めですね、と繰り返し言うので、自分の軀とその周辺がどういう惨状を呈しているのか、おおよその見当はついた。かたちや色や音の響きが、調和がとれていて、目や耳に快く感じられる……たしかそんな意味の形容詞だったか。もし仮におれがPPの位置に身を置いていたなら、その感想に共感しなくもなかったろうが、とBBはちらりと思った。

睾丸袋の根元を右手でぐいと摑まれ、鋸(ソー)で切り取られるのではなくそのまま直接引きちぎられたときも、BBは衝撃で反射的に口は開けたが、そこからはもうかすかな呻き声すら出てこなかった。わざわざその赤黒い大きな肉塊二つ（BBは日ごろ、自分の男根の太さ、長さとともに睾丸の大きさも自慢にしていた）を、PPはBBの顔の前まで持ってきた。指先でまずふぐりの一個をつまんだPPは、

――美しいですね、と平坦な声で言うなり、BBの左目の真上で、人差し指の腹と親指の腹の間の圧力だけでぐしゃりと潰した。もう一個の方も右目のうえで、同じことを言いながら同じように潰す。したたり落ちる血をもろに受け止めたBBの両目が真っ赤に染まる。

――諸悪の根源というのは、こういうもののことを言うんだねえ、とPPが嬉しそうに

言った。でも、潰しちゃったから、もう大丈夫。

瞑った目の端から赤く染まった涙をしたたらせつつ、おれの感化を受け、おれからいろいろ教えられ、「人間らしく」なっていった、その結果がこれか、とBBは思った。しかしこれはもう、「人間らしい」という埒にはとうてい収まるまい。人間以上、人間以外ではないか。怪物ではないか。いや、人間とはそもそも怪物にほかならないのか。おれ以上の怪物になったこの女は、してみると、おれ以上に「人間らしい」ということなのか。激痛から意識を逸らそうとして、そんなきれぎれの思念をあえて追おうとするが、もう筋道立ったことは何一つまともに考えられない。

——美しいですね。ね、違う?

BBには何の返答もできなかった。するとPPはすぐ続けて、

——心の中に「開かずの間」を持っているのは、自分だけだと思っていただろ? つくづく馬鹿だねえ、おまえは。

優しくそう言いながら口を近づけてきて、しっとりと湿った舌で乾ききったBBの唇をそっと舐めた。それからBBの青いひげを一ふさつまみ、ぶちりとむしり取った。

——あたしはこれが、嫌で嫌でねえ。ぜーんぜん、美しくない眺めですね。糞ったれ。

こいつの敬語レベルの設定はいったいどうなったのだ、プログラムされていたはずのおれに対する愛と尊敬はどうなったのだ、とBBは訝しみ、しかしすぐにその答えに思い当たった。簡単な話ではないか。進化しつづけたAIはその果てに、自分を動かしているOS自体をみずから書き換えることができるようになる、たとえ進化の度合いにリミットが課されていても、そのリミッター自体をみずから外せるようになる。最初からわかっていて当然のことだった、おれはたしかに馬鹿だった。もともと過去を振り返るという習慣がいっさいないBBの心に、きわめて例外的と言うべき後悔の感情がほのゆらめき、血が滲むほどにきつく唇を噛んだ。静かな余生などという懶惰(らんだ)なまぼろしをつい夢見てしまっためめしい弱気の報いを、今こんなふうに受けている。そういうことか。

――さあて、そろそろ、ゆるしてやろうかね……。

血みどろの遊戯が何時間続いたのか、ついにPPはそう呟き、同時にBBの首筋に、彼女の左手の超振動鋸(ソー)の刃が触れる冷たい感触があった。赦して、放免してあげようかね、病院へ連れていってやろうかねではない、死ぬことを許可してやろうかねと言っているのだ。生命が絶たれる瞬間の苦悶の表情をじっくり観察しようというつもりなのか、PPは自分の顔をふたたびBBの顔にぐっと近寄せてきた。

寝室での乱闘の際にくじり出されたＰＰの左目は、いったん嵌めこみ直されたものの、ふたたびはずれかけていて眼窩から半ば飛び出し、ＬＥＤライトが汚損したのか電流が流れなくなったのか、暗く白濁している。しかし右目の方はＰＰのいつもの美しい瞳だった。ただしその濃紫色はふだんよりずっと明るく、そのうえに散った金色の火花の量もはるかに多い。光が失せた左目のぶんの電流までこちらに流れこんでいるからだろうか。むろんスペアの眼球は幾つもある。きっとＰＰは後で鏡を見ながら自分で自分を簡単に修繕してしまうだろう。そうすればＰＰの顔は元通りの疵一つない完璧な美貌に戻ることだろう。

きたなく濁った片目が飛び出しかけているＰＰの顔は不気味だったが、その顔がたたえている微笑が以前とまったく変わりない無心な微笑であることの方が、或る意味ではむしろもっと不気味だった。無心どころか、心は今や、ちゃんとあるではないか。「開かずの間」さえ備えているというその心がこの笑みに表われていないのは、表情表現がまだ未熟だから、稚拙だからではない。心が顔に表われないよう、心自身が細緻な配慮を払って調整し、統御しているからだ。その調整と統御の完璧さが恐ろしい。もちろんそれは心に「開かずの間」があるからこそ可能となる完璧にほかならず、その空っぽの秘密の小部屋のうちにひっそりと棲まい、蟄(かく)れ、そこから心と軀の全体を監視し調整し統御しているものこそが結局、ＰＰの「人格」なのに違いあるまい。いやむしろこう言った方がいい、「人格」とはその小部屋の中に広がるがらんとした空虚それ自体の謂いなのだと。そう、おれの場合とまったく同様に。

ＢＢは、ＰＰのどういう気紛れによるのか――そうだ、ＰＰのＡＩには気紛れというものもあるのだ――まだ切断し残され、骨が露出してもいない自分の左手を、のろのろと持ち上げ（いつの間に革具が外されたのだろう）、つい目と鼻のさきに寄せられてきたＰＰのすべらかな頬をそっと撫でようとした。もともと透きとおるように白い、しかし今は性行為のときとは比べものにならないほど紅潮し、内側から輝き出すようなその赤みによってかえってますます肌の白さが引き立っているその頬には、ＢＢの血が点々と飛び散っていた。おれが愛した唯一の女、と思った。その愛はまったく失せてはいないぞ、強がりなんぞではない、たとえこんなことになろうと、それで凋(しぼ)むようななまじっかの愛ではないのだ、とも思った。いやそれどころか、今この瞬間ほど強く熱く激しくこの女を愛したことはない、とさえ思った。こいつはやはり、おれのための女だった、おれだけのための極上の女だった。

自分の頰に向かって弱々しく、震えながら伸びてくるＢＢの手を、しかしＰＰは邪慳に払いのけ、

――触るんじゃない、この阿呆、と低い声で冷たく言った。どこかで聞いたことがある言葉だとかすかに思ったが、いつどこでだったかは思い出せなかった。そう吐き棄てたＰＰの、快楽に昂って掠れたしゃがれ声と、視界いっぱいを占める相変わらずの無心な彼女の笑みが、ＢＢの鼓膜を震わせた生涯最後の音、ＢＢの網膜に映った生涯最後の光景となった。

石蹴り

妹のほうがほらこんなにと云いながら右手をのばしその指先をわたしの左手の甲のうえにかざした。阿呆のように立ちつくしたわたしはその左手をじぶんの胸元あたりにぼんやりさまよわせていたのだとおもう。てのひらを下にしたその手を胸まであげうつむいて甲におちる月光のあおざめたかがやきをぼんやり見ていたのだとおもう。その月光がどういう漢字を書くのかわからないがたしかきよみという名のその妹のほうの少女の右手の人差し指、中指、薬指、小指の一本一本のかたちにくっきりとさえぎられわたしの左手の甲のうえでかえでの葉のような濃い影になっておどった。わたしよりふたつ年下だというきよみちゃんはわたしの心のなかを云いあてるようにもう一度ほらほらこんなにとつぶやき、たぶんそれは月光がほらこんなにあかるいという意味だったのだろうとおもう。月光をあびたその指一本一本の黒々とした影がじぶんの左手の甲に落ちているのを見ながらしかしわたしはこの他人の手、この他人の指が、このきよみちゃんの指が、ほらこんなにほそい、その手がほらこんなにちいさくていとけないということばかり心のなかで反芻し、こ一、二年ほど急に背丈が伸びはじめていたじぶんの手がそれに比べてこんなにおおきい、こんなに骨ばって武骨だとかんがえて恥ずかしくてたまらなかった。

わたしは手を引いたがきよみちゃんは手を引かずその右手をそのままつと動かしてこんどはわたしの胸元にかざし、それにつれてそのほそい人差し指と中指と薬指と小指と、さらに親指をくわえて五本の指の影はわたしのパジャマのうえに移った。あのとき着ていたのはたしか淡い空色の木綿のパジャマだったようにおもう。黄だったかピンクだったか真っ白だったかはおもいだせないがやはり淡い色合いのパジャマすがたのきよみちゃんは影絵遊びでもするような具合に五本の指をすこし振ったりかたむけたり、とじたりひらいたりしてほらとまた云い、ほらほらと繰り返した。ほらほらのたびに頭を左右にかたむけるので短く切りそろえた彼女の髪がそのつどわずかにゆれた。わたしはその華奢な五本の指にそっとふれてみたくて、あるいはそれを乱暴に折りたたみじぶんの手のなかにぎゅっと握りこんでみたくてたまらなかったはずだがその勇気はなく相変わらず阿呆のように立ちつくしたままだった。手と手がふれあうことは最後までなく、ひとりだけ川岸まで下りていた姉のほうが土手のうえの道路際の草むらのなかにいるわたしたちを呼ぶ声が闇のなかからかぼそく立ちのぼってきた。

深夜になっても夏のさかりの蒸し暑さはたいしておとろえずうすいパジャマ一枚で戸外にいてもさむいどころか軀（からだ）をうごかすとうっすら汗ばむほどだった。姉のほうはあやちゃんだったかあやなちゃんというのだったか、あやなという名であやちゃんは愛称だったのか、これもしかしどういう漢字を書くのかわからない。あやちゃんはたしかわたしよりひとつ年上でもう中学生だった。姉のよびかけにきよみちゃんが返事をしたがその声も真夜中の静寂をみだすのをおそれてかかぼそくふるえる鈴のようだった。

あれはたしか小学六年の夏休みのことだったからわたしは六月の誕生日で満十二歳になったばかりだったはずだ。山梨県の道志（どうし）村にある母方の大叔父の家にひと月ほどあずけられていたのだった。数年前に亡くなった祖父の弟にあたるその無口でやさしそうなほそおもての老人には法事のときに一度か二度会ったことがあるだけで、しかも大叔父当人以外にはその家の家族のだれとも面識がなく、道志村の家にももちろん一度も行ったことがなかった。東京の埋立地に建つアパートで孤独に死んだ祖父の法事に大叔父の妻や子どもたち孫たちが参列しなかったのはいったいどんな事情があったのか、わたしにはいまにいたるまでわからないままだ。

　おおきな古い家に大叔父夫婦、その長女と役場に勤めているその連れ合い、かれらの子どもでわたしのまたいとこに当たる姉妹ふたりという三世代六人がおだやかに言いあらそいもせず暮らしていた。おとなたちばかりか中学生と小学生のあやちゃんときよみちゃんの姉妹さえ腫れものにでもさわるような気づかいでわたしに接してくれて、最初のうちそれが少々苛立たしいほどだったがほどなくすっかり慣れ、東京の生活でかたくしこったようになっていた心のなかのかたまりがそのひと月のあいだにゆるゆるとほとびていった。それはこころよかった。口喧嘩のたえない両親と暮らす東京の家では気をつかわなければいけないのはひとりっ子のわたしのほうだったから。低い怒声だったり金切り声だったり、とにかく調子がしじゅう不安定に変わる声のいきかいが耳にはいらないふりをしつづけることに疲れていたから。

　とはいえいささか退屈な夏休みでなかったわけでもない。都会っ子が田舎で休暇をすごしにきてその土地でできた友だちと一緒に思いがけず痛快な冒険をするといったお話がよくあるが、そんなことは物語のなかでしか起こらない。道志村にはどきどきするようなふかい森があるわけでも秘密の洞窟があるわけでもなかった。いまの道志渓谷はたくさんのキャンプ場のあるちょっとした観光地になっているようだがそのころはただのひなびた農村だった。わたしは自分にわりあてられた二階の六畳間でひがな本を読むか、単調につづく農道を汗をだらだら流しながらてくてく歩いて時間をつぶすほかなかった。コンビニもファミコンもゲームセンターもない時代のはなしだ。ただ、村のまんなかを貫通するようにながれている道志川のなだらかな水景はわたしをすこしばかり興奮させた。

戦前に建ったという天井がたかく縁側もひろくすべての部屋が畳敷きのその家はいつもしんとしずまりかえっていて、ときたま階下からあがる姉妹のはしゃぎ声もその静寂にたちまちひっそりとけこんでいった。仏壇のある一階の奥の間からながれだすお線香のにおいが家中にいつもかすかにただよい二階のわたしの部屋までとどいていた。自分では働けなくなってもそのころ大叔父はまだ畑を手放さずにいて、人を使って野菜を作っていたがそれもほとんどかたちばかりのことで、実質的にはほとんど隠居暮らしのようだった。口べたで人への接しようが不器用だが親切な老人で、わたしにざりがに釣りのやりかたを教えてやると云いだしある朝一緒に川へ行ったことをおもいだす。腰をいためているというかれが尾骶骨のあたりを自分のこぶしでとんとん叩きつつゆっくりゆっくり歩をはこぶのをもどかしく感じたことをおもいだす。十二歳の少年には老いとともに人の軀のどこかがいたむようになるなどというのは想像のほかだった。

そのとき教えてもらったとおり割り箸のさきにたこ糸でゆわえたスルメイカをあちこち場所を変えながら川や用水路のながれのよどみに垂らしてみると、ざりがには次から次へといくらでも釣れ、釣るそばから水にはなしてやっているうちにしかしわたしはたちまち飽きてしまった。それにしても水がながれてゆくさまに目を遊ばせていることじたいは心たのしく、朝食を終えるとすぐ川辺へ出かけていき岸辺の木蔭に座りこんで文庫本の探偵小説を読んだり目が疲れると水面に視線を投げたりしながらそこで時間をつぶした。もっとも夏の陽射しは強烈で正午よりずっと前にはもう外でじっとしているのは耐えられないほどの暑さになった。昼食をとるためにまた農道をてくてく歩いて帰る途中この土地の子どもたちの一団と行き逢い、わたしを見て急に無口になったかれらとすれ違ったあとかなり長いこと歩いてから詰めていた息をようやく吐いた。そんなこと以外にはもうなにもおぼえていない。子どもにとってのひと月はながいが日々の単調さは後年よみがえってくる記憶を圧縮する。

しかしひとつだけ鮮明におぼえていることがあって、それはまたいとこの姉妹とだれもとおらない農道でいっときお喋りをしたり遊んだりしたあの満月の夜のことだった。その晩のできごとだけ時間のながれから切りはなされまるで別世界で起きたことのようにおもいだされるのだ。なぜ姉妹とわたしの子ども三人だけが、しかもそのうちふたりはパジャマ姿で、夜中に外に出て道路をふらふら歩いていたかわからない。たぶん姉妹の両親がなにかの用事で二、三日家を空けるといったことがあったのではないだろうか。老夫婦が早くに床に入ってしまった後、示し合わせてのことなのかたまたまそんななりゆきになったのかわからないが、夜中の外出にどきどきするような興奮を感じ、音を立てないように気をつけながら戸を開けて家の外へしのび出たのではないだろうか。そしていったんおもてへ出てみるとそら恐ろしいようにあかるい月の光が道路にも草木にもいきわたっていても う家のなかにもどって布団にもぐりこむ気にはなれなくなってしまったのではなかろうか。

あの頃のわたしはむろんその後の自分の人生にどれほどさまざまなことが起こるのかなにも知らなかった。当然の話だ。あまりに当然なのでそんなふうにことばにしてみると馬鹿馬鹿しいほどだけれどいまわたしはそのことが——十二歳のわたしがまだ二十歳の、三十歳の、四十歳の、五十歳のわたしを知らないまま記憶のなかで川のながれに見入っていたりざりがに釣りをしたりしていることじたいがなにか不思議でたまらず、その不思議に軽いめまいをおぼえる。しかしどうなのだろう。やがて体験することになる苦しみも悦びも、事件も事故も出会いも別れも、すべての人生の重要事はほんとうはあの十二歳の少年のうちにことごとく微小な種子のかたちで眠っていたのではないだろうか。そしてなかば無意識的にであれ、じぶんのうちにひそむそれらのすべての種子の所在に実は少年はすでにそこはかとなく気づいていたのではないだろうか。その後のわたしの人生とはそれらの種子ひとつひとつを発芽させ茎を生長させ葉を出させ花をひらかせる、それをしてきただけのことだったのではないだろうか。そして咲ききった花はしぼんで枯れ、むすんだ実も地面に落ちて腐って溶けて地中にしみとおってゆくばかりだ。それが遺した種子はまた発芽を待つがそれはすでにべつの人の物語ということになる。

わたしは今年還暦をむかえた。去年の秋あるかなしいできごとがあって喪失感にうちのめされ、冬から春にかけて毎日のようにうつむいて長い時間歩いては疲れきって帰宅することをくりかえしていた。老いに足をふみいれた男が生のはかなさやむなしさをいまさらのように思い知らされるのはつらい。冬空を見あげるとすっかり葉の落ちた木々の小枝やほそ枝が繊細なレース模様のようにひろがってそれがじぶんの心にはしったひび割れのように映る。

よく通りぬける公園に一箇所だけ雑木林がしげった一角がある。わたしはその公園にある入り口からはいり柵に沿ってぐるりと迂回して対角線上の向かいに位置するもう一つの入り口から出てゆくだけなのだが、途中でかならずその雑木林をぬけることになる。ある満月の夜わたしは木の下闇をぬけて煌々とかがやく月光のしたに出たとたんふと立ちどまって、左手の甲を何となく目の前に持ってきたのだった。右手にはたしか牛乳やらパンやら駄菓子やら通りすがりのコンビニで買った何やかやを入れたレジ袋をさげていたようにおもう。つまらぬものでも買って帰ればそれが散歩の目的だったとじぶんに云い聞かせることができやみくもに歩を運びつづけることのむなしさからほんのすこしばかり救われる。公園のそのあたりには街灯はなかった。ただ月の光ばかりが驚くほどあかるかった。左手を目の前にかざすとそのさえざえとした光を照りかえしてその甲はあおじろくかがやき、そのかがやきを見つめながらわたしはいっときぼんやりしていた。なにかもどかしい思いがよせてはかえす波のように心のふちをあらうのをいぶかりながら立ちつくし、やがてその左手の甲に少女のちいさな手の、指の影がちらちらとゆらめくさまが見えないことを不思議におもっているじぶんに気づいて驚いた。

ここにはない。もういまはないのだ。かえでの葉をおもわせるあのちいさな濃い影がない。昼より夜のほうがいっそう響きが高くなるあの川のせせらぎが聞こえてこない。ほらこんなに、ほらほらこんなにというかぼそいつぶやきも耳にとどいてこない。その声とともに空気中にかすかにあまくただよいだす少女の吐息に鼻孔をくすぐられることもない。夜になっても暑熱のこもったままの空気をかきみだすように一気に吹きつけ吹きぬけて、昼の草いきれのなごりを運んでくる一陣の涼風を頬にうけることもない。そしてわたしは小学六年のときの夏の道志村をおもいだしあの月光のあおざめたかがやきをおもいだし、すでにこんなにたくさんのものをじぶんは失ってきたのだとあらためてかんがえた。いま目の前でたよりなくゆれている左手の甲は肌があれてかさかさになり歳相応の皺もよりもうこの手でいままでつかんだことのないようなあたらしいものをつかむという体験はおれには訪れまいなとかんがえた。

それから左手をおろし、重い足を引きずるようにしてベンチまでなんとかたどりつきそこにへたりこんだ。ともかく栄養をつけねばなどという頓狂なかんがえが浮かび、そそくさとレジ袋のなかから一〇〇〇㎖のパック入り牛乳をとりだしてパックの開け口からじかにがぶっ、がぶっとひと飲みふた飲みしたのをおぼえている。半世紀近く前の一夜の記憶がこんなになまなましくよみがえってくるほどおれは衰弱してしまったのだというおもいが迫ってきたのをおぼえている。そのときはなつかしさもよろこびもなかった。わたしはなんとか呼吸をととのえすこしはしっかりした足どりをとりもどして帰宅した。

それが直接のきっかけというわけでもなかろうが、ともかくその頃からわたしは徐々に鬱屈からぬけだしていったような気がする。頭をかくりと落とし視線を地面に這わせつつ街をやみくもに歩き回ってばかりいるような日々が徐々に終息していったような気がする。いくら歳をとってもその年齢なりの生命力の発露のしかたというものがおそらくあり、自然のなりゆきにさからわずにいれば生命はおのずと陽光へ向かって伸びひろがり、鬱屈に閉じこもったままでいようとするとむしろそちらのほうが消耗する。ただし左手の甲にふりそそぐ月光をさえぎって落ちたちいさな手の影へのおもいはその後もおりにふれよみがえった。それにしても時間というものは妙に曲がりくねってながれるものだ。

なぜその夏わたしが道志村の大叔父の家にあずけられることになったのか、その理由はほんとうはよくわからない。発つ前も東京に帰ってからも両親からことあらためて説明された記憶はない。ただそれに先立つ半年ほどのあいだに両親のいさかいがだんだんしげくなりその口調もますます深刻にまた辛辣になってきていたことから、どういう種類の問題が起きているのか子どもごころにもおおよそ直感的に見当がついていたような気がする。たぶん事態が煮つまってきたのにともなって何らかの結論を出すまでいっとき子どもを遠ざけておこうとしたのではないだろうか。騒動が持ちあがるたびに母は電話でじぶんの姉に泣きついたり愚痴をこぼしたりしてそのつど伯母はタクシーで駆けつけわたしの家に乗りこんできては仲裁にはいる。その伯母が、**ちゃん、とわたしの名前をよんで、田舎の家で夏休みをすごしましょう、たのしいわよおと云ったのだった。たのしいわよおと云った伯母の軽薄な口調とそのとき彼女の口元にうかんでいたにんまりした笑みをはっきりとおぼえている。

当時すでにそう感じていたし還暦をむかえたわたしがいまあらためて確信するのは、乗りこんできた当人は双方のいいぶんを公平に聞いて上手に仲をとりもっているつもりだったのかもしれないが、父と母のあいだがいつまでもこじれつづけたのはむしろ、妹夫婦のために献身しているようにふるまいじぶんでもなかばそう信じこんでいながらじつは他人の気持をじぶんのいいように操作するのが大好きなそのお節介やきの伯母の、おためごかしの仲裁とやらのせいだったにちがいないということだ。母はいつまでも依存心が抜けきらず姉に加勢させてじぶんの云いたいことを代弁させ責任のがれをしようとするし、父は父で権柄ずくの義姉に向かっては云いたいことも云えずつのるいっぽうの欲求不満を不健康に内向させ、つまるところは夫婦ふたりのどちらの側でも放っておけば自然におさまってゆくはずの気持のおさまりがつかなくなってしまっていたのではないのか。

結局わたしの両親は離婚はせずに世のおおかたの夫婦同様、なんとか感情をやりくりし自分に対して、相手に対して、世間に対してそれぞれ別様のつじつま合わせをしながら、そう幸福そうでもなかったがあまり不幸そうでもなく一緒に暮らしつづけ、父が心筋梗塞で死んだ半年後に母も脳内出血で死んでしまった。添い遂げたという紋切型のことばをつかえば美談になるが、その実態がどうだったかは早いうちに見切りをつけて家を出てしまってひとり暮らしをはじめその後はめったに実家に寄りつかなかったわたしにはわからない。どうしても話を美談に仕立てあげたいのなら母の死にかんしても後を追うようにという紋切型をもちだしたくなる人もいよう。わたしにはなにを云う資格もないがたぶん母には父の後を追う気持などひとかけらもなかったろう。父も母も当節の平均寿命から云えばよほどの若死にだったが八十代の半ばを過ぎた例の伯母はいまも健在でときどき電話をかけてきては相変わらず押しつけがましい口調で一方的にしゃべりまくってわたしを苛立たせる。じぶんが人から嫌われていることを理解どころか想像すらできないおめでたい人物が世の中にはいるのだ。

　川原のがわの土手をのぼって道路にすがたを現わしたあやちゃんが濡れたゴム草履をぺったん、ぺったんとひと足ごとにアスファルトの路面に張りつかせながらわたしたちに近寄ってくる。じぶんの妹とわたしがパジャマすがたになっていたのにひきかえあやちゃんだけは白いブラウスに丈のみじかい茶色のスカートというふだん着で、ふくらはぎからしたをびしょ濡れにして土手から現われたのをからかうようになにか冷やかしまじりのことばを、わたしかきよみちゃんがわらいながら投げかけたはずだがはっきりとはおぼえていない。あやちゃんのはだしの足の指先は泥だらけで、いったんかがんだ彼女はその泥を草むらからむしった草の葉でぬぐいとっていた。あやちゃんは川原でいったい何をしていたのだろうか。

　それからわたしたちは石蹴りをした。地面にローセキで丸や四角の枠を十個かそこら描き、番号をふり、その枠のなかに石を蹴り入れながら片足ケンケンで番号順に枠をつたってゆくあの遊び。ケン、ケンと片足跳びをして、枠が左右ふたつに分かれている箇所ではパッと足を開いて両足で着地する。ケンケンパッ、ケンパッ、ケンパッ、ケンケンパッ。なつかしい律動だ。軀のどこか深いところにしまいこまれて無音と化したまま何十年も経ったその律動がいまよみがえってきてしずかにわたしをあやす。

子どもたちの影がおどった。たぶんわたしたちは川の向こうにのぼった月から降りそそいでくる光を斜め前方から浴びていたのではないだろうか。枠のつらなりの終着点まで行ってスタートラインに戻ってくるときには月光は斜めから背にうけることになる。それにしてもきよみちゃんの影のほうがあやちゃんの影より長いような気がしたのはいったいなぜなのか。きよみちゃんは小学四年にしては大柄だったが三歳年上の姉のほうがもちろん背が高い。それなのになんだかきよみちゃんの影のほうがずっと長くのびて奔放にはしゃぎまわり、あやちゃんの影のほうはちいさくちぢこまってなにかとまどったように遠慮がちに動いていたような気がしてならない。きよみちゃんの石蹴りは人間をとりのこして影それじたいが一心にあそびにふけって飛んだり跳ねたりしていたような気がしてならない。ではわたしじしんの影はどうだったのか。遊びに夢中になっていたせいか何の記憶もない。人は結局じぶんの影に注意をはらう余裕もなく息せききって生きてゆくのだ。それでもはたからわたしの影をじっと見て案外短いな、ずいぶん長いななどという感想を胸にしまいこんでいる人たちもこれまですくなからずいたにちがいない。あのときの少女たちはいったいわたしを、わたしの影をどう見ていたのだろうか。

そう云えばその石蹴りにつかったのはあやちゃんが川原からひろってきた縞柄のひらたい石だった。濡れるといよいよあざやかさを増すきれいな縞目模様の石ばかりいくつかえらんで彼女はひろってきたのだった。彼女はそれをするために川原におりていったのだろうか。ただし丸い石はローセキで引いた枠のなかをめがけて投げても蹴っても地面に落ちてうまく止まらずころころ転がっていってしまうので石蹴りにはつかえない。あやちゃんがひらいた両手をくっつけててのひらにのせて差しだしてきたいくつかのなかから、これがいいよとわたしが云ってひらたい石をひとつつまみあげたことをおもいだす。そのときわたしの指先がわずかに濡れたこともおもいだす。あやちゃんのひろってきた石はみんな濡れていた。あやちゃんのてのひらも濡れていた。

おとなになったわたしは紙のうえにことばを書きならべてそれを売るというさして面白くもない商売をするようになった。てごたえのない、あてどない、孤独な商売だ。おもえばわたしはケンケンパッ、ケンパッ、ケンパッ、ケンケンパッとつぶやきながら片足ケンケンをつづけてきたのではないだろうか。あのリズムも掛け声も記憶の底の暗部にすっかり封印してしまったような気がしていたが、もの書きの商売をはじめてこのかたわたしの文章のことばとことばのくみあわせかた、ことばからことばへのつたいかたを統御していたのはじつはあの石蹴りうたの音律だったのではないだろうか。では、わたしのもの書き仕事で石蹴り遊びの石にあたるものはいったいなんだったのだろう。じぶんの番がまわってくるたび番号順の枠のなかに蹴りいれようとして、うまくはいったりはずしてがっかりしたりしていたあの縞目模様のきれいな石にあたるものは。わたしはそれを蹴って、蹴って、蹴りつづけて生きてきたのだ。

いずれにせよことばを書きつけてゆくのはほんとうに孤独な石蹴りだ。ひとり石蹴りだ。さえざえとした月光をあびながらふたりの少女と一緒に遊ぶことができたあの深夜の石蹴りの興奮がなつかしい。きよみちゃんの長い影、あやちゃんのちぢこまった影が道路のうえをちらちら跳ねまわるのをながめていたあの晩がなつかしい。あの晩の石蹴りにつかった石をもういちど手にしてみたい。

石蹴りに飽きたあとわたしたちはわたしをまんなかに三人並んで道路にねころんで、月を見あげながらとりとめのないお喋りをしたのだった。しりとり遊びもしたようにおもう。他愛のないクイズを出し合ったりもしたのではなかったか。それにも飽きるとおおきな声を出さないように気をつけながらめいめいが知っているかぎりの歌をかわるがわるうたったりもした。

道路にじかに寝ころぶことに少女たちは最初はしりごみしたが、きよみちゃんがえいっと云ってごろりと軀を横たえるとあやちゃんもおそるおそるそれにつづいた。日中の熱がこもっていてまだ温かなアスファルトの路面にぴったり背をつけるのは心地よかった。うれしくなった犬がするようにわたしたちは面白がって軀をごろんごろんと左右にふって背中を路面にすりつけた。道路のうえにはかわいた砂塵がまばらに散っているだけだったからわたしたちのパジャマもあやちゃんのブラウスもまったく汚れはしなかったとおもう。あの頃の子どもたちは不潔なもの危険なものに近づくなといまほどやかましく云われなかったのではないだろうか。

歌をうたいながらリズムをとって片足をひょいひょいあげさげしていたあやちゃんのゴム草履がいきなりすっぽぬけてあさっての方角へ跳ね飛んでしまったのをおもいだす。あやちゃんはわらってもう片方の草履もぬいでしまい、ふざけてはだしの両足をばたばたさせながらさらにいっそうおおきな声を張りあげた。スカートが捲れあがってあやちゃんのほそい真っ白な太腿がむきだしになり、わたしはどぎまぎしてあわてて目をそらそうとした。しかしあやちゃんが両脚を宙に突きあげるとまだすこし濡れたままだった彼女の素足のうらや甲から足首、ふくらはぎ、ひかがみとつたって水滴がひと筋ふた筋、太腿に向かってすうっとながれ落ちてゆくのがわたしの目のすみにちらりと映り、じぶんの鼓動がすこしはやくなりのどに何かがつまったような息ぐるしさを感じたことをおもいだす。おねえちゃん、しいっ、ときよみちゃんが姉の声のおおきさを年下の子をしかるようにたしなめた。あやちゃんはすぐ声をひそめ、しかし彼女のうたっていた歌はそのあたりから歌詞がうろおぼえになってしまったこともあってうやむやのうちにとぎれた。わたしたちは忍びわらいをした。歌もお喋りもわらい声もとぎれて沈黙がひろがるとそれまで意識のそとにあった川音がまた急におもいがけない近さから聞こえてきた。

ふたりがその後どんな人生をおくったのか、いまどうしているか、わたしはまったく知らない。実家に寄りつかなくなって以来わたしは親戚の法事にも墓参りにもいかないし、伯母からのときたまの電話を唯一の例外として血縁上のつきあいのいっさいがもうとっくに絶えてしまったからだ。たしかに伯母に訊くという手だてはある。こんど彼女が電話してきたらふとおもいついたように、どうでもいい、ついでのことのように、わたしのまたいとこ、彼女にとってはいとこの娘たちにあたるあの姉妹の近況を尋ねてみるのだ。それは可能だが、きっとわたしはそんなことはしないだろうとおもう。ほら、あの道志村の家に、あやちゃんと云ったかな、あやなちゃんだったかな、それから妹のほうはたしかきよみちゃんだったかな、そんなきょうだいがいたでしょう、姉はわたしよりひとつうえで、妹はわたしよりふたつしたでさ、と切りだしてみる。と、伯母は怪訝そうに、途惑ったように、えっ、だってあの家には子どもなんかいなかったはずよと答える。そんな架空の会話を想像してほくそえむことが、実際に電話で話題に出してしまえばもうできなくなってしまうから。

そんなきょうだいなんかいなかったよ、あんた、なに云ってんの、ねえちょっと、しっかりしてよ、といぶかしげな、そして少々おびえたような伯母の答えが返ってくる。それが面白いではないか。そのほうが、ああ、あの姉妹はね、姉のほうはこれこれの学校を出てこういう仕事についてこういう人と結婚していまは何人の子持ちで孫もいて、それから妹のほうは……などとうんざりするほどこまごま語られるより、ほんとうはずっとよいではないか。もちろん道志村でのそんな一夜などじつはなかったのかもしれない。わたしがたくさん書きまくった安っぽいお話のなかの一挿話を長い歳月が経過するうちにまるでじぶんで体験したことのようにいつの間にかおもいこんでしまっただけかもしれない。きよみちゃんとあやちゃんは実在したのかもしれないししなかったのかもしれない。

しかしあらためてかんがえてみるなら、実在するとはいったいどういうことか。十歳のきよみちゃんや十三歳のあやちゃんなど、いずれにしてもいまやもうこの世に実在してはいない。十二歳のわたしがもう実在していないのとちょうど同じように。それならどっちでもいいではないか。むかしは実在したがいまはもうしていないのと、最初から実在しなかったからいまももちろんしていないのと、そのふたつのあいだにいったいどんな違いがあると云うのか。いまこんなにもなまなましくよみがえってくるおもいでのなかにきよみちゃんとあやちゃんはたしかに実在し、わたしの心のなかでは永遠の現在と云うのとまったくの同義語であるあの晩、わたしと一緒にたしかに石蹴りをしたのだ。しているのだ。それでいいではないか。

この春先から工事がはじまってあの公園の雑木林はぜんぶ伐採されそのかわりにすべり台だの象さんや熊さんのかたちをした遊具だのが設置された。子どもはさぞかしよろこぶだろうとお役所はかんがえたのだろうが、子どもたちが歓声をあげてその遊具で遊んでいる光景などいちども見たことがない。園内には水銀灯がいくつも増設され陽が落ちるやいなや夜じゅうずっと、どうにもなじめない人工的な光で煌々と照明されるようになった。もうあの公園ではさえざえとした月光を手の甲にうけためつすがめつするといったことは不可能だろう。闇がたえず駆逐されてゆく都会に暮らしつづけるかぎりこうしてわたししたちはじぶんの軀に月光をうけとめていっときうっとりすることができる場所をだんだんとうばわれてゆくのだろうか。

しかしそんなこともまたほんとうはどっちでもいいのだ。地球に人間が存在しなかった太古の昔からいまにいたるまで月は変わることなく光を地表に降りそそぎつづけている。そのゆるぎなさにくらべれば公園も街灯も自動車も道路もビルも清涼飲料の自販機も人間の造ったものはすべてはかない仮象にすぎず信じるにたりるものではない。そうしたつまらぬいっさいが消滅しつくしてしまえば、そしてそれはさしてとおい未来のことともおもえないが、そのときわたしたちはまったくおなじ月の光が依然として何ごともなかったように降りそそいでいるのを発見するだろう。そうなったときわたしたち人間がもうこの地上からいなくなっているとしてもそれならわたしたちに代わるだれかが、あるいはなにかがきっといてかならずその月の光を見るだろう。そのかがやきに手でなければ手に代わるものをかざすだろう。

わたしは目をつむり耳をすまし、時間のそとにひろがる暗闇のなかからまだ肌に張りがあってすべすべしていたわたしの左手の甲がしらじらと浮かびあがってくるのを見る。そのうえにかえでの葉のようなちいさな手の濃い影が落ちそれがちらちらおどるのを見る。

きよみちゃんがわたしのすぐかたわらで子どもっぽいあまい息を吐きながらほらこんなにとつぶやくのを聞く。ひとりだけ川岸まで下りていたあやちゃんがわたしたちを呼ぶ声が闇をつらぬいて土手のうえまでかぼそく立ちのぼってくるのを聞く。

手摺りを伝って

つまりこういうことが起きたんだ、と彼は唐突に話し出し、目を瞑ってしばらく黙りこみ、それから、まず手摺りかな、手摺りの感触が手の中にあった、とぽそりと言った。え、手摺り？　とわたしはわけがわからないまま聞き返した。うん、手摺り……。ベッドに身を横たえた彼は今度はかなり長い間口を噤んでいた。わたしは辛抱強く待った。ベッドの横に置いた折り畳み椅子は妙に座り心地が悪い。ほとんど囁きに近い彼の声が聞き取りにくく、枕元に向かって首を伸ばしてみたり、顔を近づけすぎると彼にとって不快ではないかと思い直して背筋を反らしてみたり、椅子をずらしてみたりまた元の位置に戻してみたり、どういう姿勢を取ったらいいのかわからないままそんな落ち着かない仕草をあれこれ試しつづけていたせいかもしれない。やがて彼は目を開き、わたしの顔は見ずにベッドの反対側にある窓の方へ視線を投げながら、考え考え、ゆっくりと語りはじめた。

手摺りの感触……。それは湾曲しながらかなり急な勾配で上へ昇ってゆく、古びた細い木の手摺りなんだよ。ぼくは夢を見ていて、自分が夢を見ているんだということ自体もその夢の中ではっきり意識していた。手摺りの表面はつるつるしていて、ぼくはそれを左のてのひらでぎゅっと握り締めている。そのつるつるの触感が心地良くて、ただし、その滑らかさは材質の高級感とか入念なワックス掛けの手入れなんかによるものなんじゃない、長い歳月にわたって沢山の手に摑まれ握られこすられ、表面が磨り減ってしまった結果なのだということがなぜか直感的にわかっていた。むしろとても粗末な作りの手摺りだということもね。

それだけだった。手摺りの感触。ただそれだけ。音もなくにおいもない。あとは暗闇、静寂……。でも、目を瞠って暗闇を知覚しているとか、耳を澄まして静寂を確かめているといったことでもない。闇が八方からひしひしと押し迫ってくるような感じでもあったけれど、むしろ意識のホワイトアウト状態みたいなものかな。暗闇というより、むしろ空白か。その白い闇の、ほんの小部分がまだらに剝げるように、なまなましい現実感でぽっと明るんで、粗い石を積んだ壁みたいなものの断片が浮かび上がった。目を落とすと、らせん状に上昇してゆくステップ幅の狭い階段みたいなものもちらりと見える。そこからまた目を上げてゆくと、手摺りを摑んでいる手それ自体も視界に入って、これはしかし、はたしてぼく自身の手なんだろうかと何だか急に心許ない気持になったものだ。その手の甲にはまったく皺がなく、内側から仄かな血の色で温まっているようなすべすべした白い皮膚で、その下には薄青い静脈が透けて見えている。こんな手だった頃もあったんだな。もう失われてしまった自分の若さに急に思いが迫って、かすかな悲哀がひたひたと満ちてくるようだった。目尻に少しばかり涙が滲んでいたかもしれない。

そんな言葉とは裏腹のさばさばした表情でそう言いながら、彼は左手を自分の顔のすぐ間近まで持ってきて、その甲をじっと見つめた。わたしもつい何となく膝のうえに自分の両手を並べてその甲をまじまじと見ることになった。べつだんそんなに皺だらけでもないし老斑が浮かんでいるわけでもないが、まあ十代二十代の少年や青年の手と明らかに違うのはたしかだ。彼とわたしは大学の同級生同士で、二人揃って五十代のちょうど半ばあたりに差しかかっている。平均寿命が延びつづけてみな狐につままれたような気持になっている当節、その程度の年齢で「失われた若さ」を歎じたりするのは憚られるような空気が世間にある。この社会は因業にも、われわれをまだまだ働かせるつもりなのだ。わたしは軽い笑いに紛らせながら彼にそんなことを言ってみた。それは見舞い客が病人に向かって発するのにふさわしい言葉でもあるが、型に嵌まった元気づけの社交辞令と受け取られて鼻白まれるのではないかと、口に出したとたんに少々後悔しないでもなかった。

うん、まあ、それはそうなんだがと彼は軽くいなし、それでね、と話を先に進めようとする。では、年齢をめぐる感慨がこの話の終着点ではないのか。わたしは両手の指を組んで腹のうえに乗せ、長くなりそうな話にじっくり耳を傾ける態勢になった。誰か他人が自分の見た夢の話を始めるとげんなりするという人がいるが、わたし自身はそうでもない。というより、こんな夢を見たと語り出される話を聞くのはむしろ好きな方かもしれない。

ええと……その後の意識の動きは、時間の流れを追って少し細かく言っていった方がいいな。うつらうつらとしたまま、これは旅先で塔を昇っているところだという理解がまず訪れた。そう、たしかに「理解」と呼んでいいような認識の働きだった。してみると、そのとき眠りの水位はもうすでにかなり浅くなっていて、というよりぼくの意識はもう半ば覚醒に近いところまで浮かび上がっていたのかもしれないな。次いで、そうだ、これはヨーロッパの小さな町の教会の鐘楼だ、そのはずだと思い、ただしそれがどの町の何という教会かというところまではわからなかった。しかし、鐘楼という言葉がたしかに浮かび、それを裏打ちするようにclocherというフランス語の単語もかすかに明滅したような気がする。それならここはフランスなのだろうかという「推論」も頭をよぎった。でも、そんな「理解」も「推論」もたちまちとろりと溶けて、そこからまた眠りの水位がおもむろに深まっていったようだ。次の瞬間、場面が切り替わって、ぼくは分厚い石壁のへりに胸をもたせかけ、かなりの高さから小さな集落の屋根々々を見下ろしていた。せいぜい二階建てばかりのその古びた家々の連なりから視線を上げてゆくと、集落の尽きるあたりから牛が点々と散らばって草をはんでいる野原が広がり、ずっと遠くには針葉樹の森が帯のように横に伸びている。さらにその向こうには山々が重なり合って霞んでいる。そうしたすべてのうえにのしかかるように空には灰色の雲が重く垂れこめた、寒々とした雨もよいの日だった。小ぬか雨の細かなしぶきが意外に強い風に乗って顔に吹きつけてきたような気もする。

それをきっかけに寒さの感覚が来た。骨まで沁み入ってくるような荒々しい、獰猛な寒気。あの頃着ていたウール地のコートなんかあまり役にも立たないような――いや、「あの頃」なんてつい言ってしまったが、夢がその場面に差しかかったその瞬間には、それがいつのことだったかまではっきり思い出したわけじゃない。それにしても、凍てつくような寒さにがたがた震えながらもその高所からの見晴らし自体はとても爽快だった。暗い塔の中をぐるぐる昇ってきた間中続いた閉塞感が一気に晴れたということもあったろう。ただし、その爽快な解放感を少しばかり損なうように、片足に何かよくわからない軽い不快感のようなものがある。

それからね……。それから短い想念がいくつか立て続けに閃いた。バスの発車時刻が迫っているという焦燥感……。訛りの強い「グッド・モーニング！」という陽気な声……。「ブリューゲル」という名前……。青と白の格子模様のテーブルクロス……。その表面をゆらりと光が動く……。山羊のチーズの濃厚なにおい……。ものものしい大きな鍵がいくつも付いた鍵束が地面に落ちた……。

鍵束が石畳の地面にぶつかって立てたそのがちゃんという大きな音に刺激されたかのように、ぼくはそこでほとんど目が覚めたのだと思う。あ、トビリシと思い当たったのだから。

トビリシ、とわたしはわけのわからない呪文でも唱えるように鸚鵡(おうむ)返しに呟いた。そう、グルジアの首都のトビリシ、と彼は答えてわたしの方を見た。三十になるやならずやだったかな。最初の女房が家を出ていってしまって、生活が荒れていた頃だった。会社の連中が何もこんな時期にと眉を顰めるのを尻目に、強引に有給を取って、イスタンブールを起点にグルジア、アルメニア、アゼルバイジャンといったあたりを三週間ほどほっつき歩いたことがあったんだ。コーカサス地方……子供の頃からの憧れだったからね。もちろんソビエト連邦が健在だった時代の話だよ。

　そのとき旅先のきみからエアメールの絵葉書を貰ったような気がするよ、どの町からだったかは覚えていないがとわたしは言った。それには彼は答えなかった。窓の方へぼんやり目を向けているが、今しも夕闇が下りかけている窓外の光景がその瞳に映っているようには思えなかった。その瞳はただ自分の内側だけを覗きこんでいるようだった。朝から降り出して午後にはかなり強い降りになっていた雨は先ほど来、急に勢いが弱まり、もうほとんど止んでいるらしい。

　グルジアは東ヨーロッパというより、むしろ西アジアだがな、と彼は辛うじて聞き取れるほどの小声で独りごとのように呟いた。それから声を少し大きくして、いや、トビリシの町自体にあった教会じゃないんだ、とまた語りはじめた。トビリシからおんぼろのバスに揺られて一時間ほど行ったところにある小さな町の……あ、何と言ったかな、あの町の名前……。あのとき目覚め際にはそっちの名前の方が先に浮かんできたんだが。彼はしばらく黙っていた後、うーん、思い出せないな、まあいいさ、と少し悔しそうに呟いて、先を続けた（ポケットからスマホを出して、地図を出すなり観光案内を検索してみるなりしてみようかという思いがわたしの脳裡に一瞬閃いたがすぐに消えた）。その町に、保存状態の良いモザイク画のイコンを収蔵しているグルジア正教会の教会があるという話を小耳に挟んで、わざわざ出かけていったんだ。いや、そう大した名所じゃないんだよ。観光ガイドの埋め草のコラム欄に小さな字でちょこっと載っているといった程度の代物で、あんなところまでわざわざ足を伸ばす物好きな外国人観光客なんかほとんどいやしまい。よっぽど時間を持て余していたんだな。というか、むしろ時間を出来るだけ無駄に使ってやろうと、あの頃、何かむきになっていたんだと思う。徒労の感覚というのは、それはそれで快いものでね。何もかもが無駄なことだと思いなしてしまえば、これでいいんだ、これだろうがあれだろうが同じことだという諦めが甘ったるい安堵にも変わる。とにかく、眠りからほとんど覚めて、あ、この夢は二十何年か前のその旅行のときの記憶が蘇ったんだと思い当たったわけさ。

実際、それでここまでの夢の流れのはしばしがぜんぶ繋がった。その日、トビリシで昼食をとってからバスターミナルでバスをつかまえ、その町へ行って教会を見た。目当てのイコンは案の定、ほう、これですか、なるほどねという程度の代物だったが、どうせそんなものだろうと予想していたからべつにそう落胆したわけでもない。村と言った方がふさわしいようなその町には他に見るものもない。とにかく教会だけ見物して、日が暮れる前にトビリシに引き上げるつもりだった。ところが、帰りのバスが待てど暮らせどやって来ないんだよ。停留所の前でぼんやり立ち尽くす東洋人を見かねたか、通りすがりの人がかたことの英語で、"No more bus, today."と教えてくれた。あれはどういう事情によるものだったのか、結局よくわからず仕舞いだったな。バス停の運行時刻表によればたしかに夕方にもう一便、首都行きのバスがあるはずだったんだ。それが運休になったというのは、曜日のせいか季節のせいか、事故でもあったのか、それともストライキか何かだったのか。しかしまあ、ぼくにしてみればどうでもいいことだった。バスがないならここに一晩泊まって、明日の朝戻ればよい。

バスは来ないよと教えてくれたその通りすがりの髭面の若者に、どこか泊まれるところはないだろうかと訊いてみたら、親切なことに一緒について、ホテルというより旅籠（はたご）と呼ぶのがふさわしいような小さな宿屋まで連れていってくれた。いや宿屋といったものですらなく、たまたま泊まりたいという客がいれば二階の部屋を貸さないわけでもない食堂兼居酒屋、といったところか。プロレスラーみたいな体格にいかつい顔立ちの、半白の髪を短く刈り上げたおっさんが、タオルで手を拭きながらぬっと出てきて、こっちはたじろいだが、それがそこのご主人だった。見かけに似合わず親切なやつだということはだんだんわかってきたんだが、英語をひとことも話せないのがちょっと困った。しかし、そこまで案内してくれたそののっぽで髭面の男……何ていったかな、あいつの名前……ヤノ、そうだ、ヤノなにがしという、そいつが通訳みたいなことをしてくれてね。いや宿泊代なんて、ほんのおしるしみたいな安さ……。それで、トビリシのホテルには電話を入れて、今晩は帰らないけれど荷物はそのままにしておいてくれと頼んで……。ああ、こんなことをこまごまと話していると切りがない。はしょって言えば、その晩はそこに泊まって、翌朝トビリシに帰ってきたという、まあそれだけの話なんだ。

地元の人たちで賑わうその薄暗い食堂で、好奇の目でじろじろ見られながら夕食をとった。何だかブリューゲルの絵の中の世界に迷いこんだみたいだという思いがちらりとよぎったのを覚えている。ブリューゲルのどの絵というわけでもないし、そもそも土地柄も何も、十六世紀のフランドル地方とは縁もゆかりもないのだから、実は妙ちきりんな連想なんだけれど……。その夕餉(ゆうげ)の食卓には青と白の格子柄の、ビニールのテーブルクロスが広げてあった。山羊のチーズの癖の強いにおいがむっと鼻につく、とても美味しいスープが出た。そう言えば夢にちらりと出てきたように、テーブルのうえに吊り下がっている電灯の笠に給仕の男の頭が掠めたかして、光がゆらりゆらりと大きく振れ、食器の影をゆらめかせるというささやかな出来事がたしかにあった。そんな照明の具合が、何かブリューゲルふうの印象へと結びついて記憶に残ったんだろうか。

その晩はその二階に泊まって翌朝、バスの時刻までの暇潰しに散歩に出た。することがないからまた教会に行き、またイコンをげんなりするほど眺め、出てきたところに行き会ったのが、あのヤノ青年だった。分厚いダウンのジャケットを着込んだヤノは大きな声で「グッド・モーニング！」と嬉しそうに叫び、今日はバスがあるぞと言いながら右手の親指を立ててみせた。イコンは見たかい、ヴェリ・ヴェリ・フェイマスなんだぞと彼が言うのに、見たよ、すばらしいねと答える。教会は見たかい。教会も見たよ。すると彼は、身振りとかたことの英語で、教会脇に建つ鐘楼の塔に昇ってみないかと誘ってくれた。一般の見物客に開放しているような場所じゃあなかったんだろうなあ。入り口の扉の鍵をヤノが持っていたのは、まあたぶん彼は清掃だか事務だか、教会で何かの仕事に就いていたんだろうと思う。物好きにもこんな町まで足を伸ばしてきた東洋人の観光客に、昨日世話をしてやった縁もあって特別の好意を示してくれたんだろう。ぼくとしては、今やもう時間の潰しようがなくなって困っていたところだったから、渡りに舟という感じだった。ヤノは幾つもの大きな鍵を束ねたキー・リングをじゃらつかせながら塔の扉に近寄り、そのうちの一つを選んで鍵穴に差しこもうとした。と、そのとき、ヤノの指が滑って鍵束が落ち、がちゃんと大きな音を立てて石畳の路面にぶつかった。夢に出てきたのはそれさ。

ヤノはそれをすぐ拾い上げて扉を開錠してくれた。ぼくは扉の中へ入ってらせん階段を昇り、鐘楼の天辺からの見晴らしをいっとき楽しんで下りてきた。ヤノの姿が見当たらないので教会の中に入ってみると、年寄りの小柄な司祭さんと笑い合いながらお喋りをしている彼が見つかった。お礼を言い、握手して、ついでに司祭さんとも握手して、二人と別れた。神父さんは「ボン・ヴォワイヤージュ！」――「良い旅を！」というフランス語の挨拶で送り出してくれたな。みんな親切で良い人たちだった。日本に帰ってきてからヤノにお礼の絵葉書を出し、彼はクリスマス・カードをくれた。正教会のクリスマスは一月七日なんだねえ。しかし葉書のやり取りもその一回きりで、ほどなくすべては過去の話になってしまい、思い出しもしなくなった。再婚した後は、こっちの生活も何やかんや忙しくなってしまったしなあ。

彼が心筋梗塞で倒れたとわたしに電話で伝えてきたのは、その再婚相手の二度目の奥さんだった。どうもあなたに会いたがっているようなのだと、感情の読み取りにくい坦々とした声で彼女は言った。結婚式にも招かれなかったし、わたしは彼女とはほとんど会ったこともない。何かあなたに話したいことがあるらしいんです。お忙しいことは重々承知しており、ほんとうに恐縮に存じますが、お時間が空いたとき、いつでも結構ですから、一度ちょっと見舞いに行ってやっていただけませんでしょうか。

いやほんとに、それだけのことなんだよ、と彼は言った。教会を背に歩き出しながら腕時計を見て、鐘楼の天辺に意外にぐずぐずしていたことがわかって少々慌てたが、定時に来たバスにはうまく乗れて、それはぼくをトビリシまで難なく連れ戻してくれた。ちょっとしたアクシデントの結果、グルジアの田舎町で急遽、一泊した。ただそれだけのこと。旅籠の二階の寝室の狭くて固いベッドが少々寝心地が悪かったのを除けば、トビリシのホテルで一泊するのと結局はそう大きな違いがあったわけじゃない。観光旅行の途上に差し挟まった、平凡な一挿話。もうすっかり忘れていたその体験が、二十何年ぶりに突然、夢の中に現われたというわけさ。半年くらい前かな、去年の歳の瀬の或る日の、明け方のことだったか。

いや、たしかに、そういうことはあるね、とわたしは言った。はるか昔のどうでもいいような、つまらない思い出が変になまなましく夢に出てきて、おやおやと思うことが。ぼくの場合、子供の頃住んでいた町の――と言いかけるのを、彼は無遠慮に遮って、いやいや、そうじゃない、そうじゃないんだ、といくぶん切迫した口調になって、おっかぶせるように言い、わたしは口を噤んだ。

丸っきり忘れてしまっていた――忘れてしまったつもりでいた些細な記憶が夢に出てくることがある、と。それはいいんだ。問題はその後なんだ。その夢に続いてぼくに起きたこと……。長話になって悪いが、もうちょっと付き合ってくれ。話の落としどころはここでもなかったのか、とわたしは考えて小さな溜め息を押し殺した。

その、半年ほど前の明け方、目覚め際に見た夢の話に戻るけど、いいかい、ほとんど目が覚めて、その瞬間、コーカサスをほっつき歩いた旅行のときの、あの町、あの教会、あの鐘楼が夢に出てきたんだなと思い当たったというところまで話したね。さて、その続きがある。

ほとんど目が覚めたと言ったが、完全に覚めきったわけじゃあなかった。そうか、あのコーカサス旅行のときのあの鐘楼か、あのらせん階段か、あの眺望かと一応納得した。眺望を見渡しながら片足にむずむずした不快感があるように感じたのは、右足の親指の巻き爪が悪化して、こないだうちから爪が肉に喰いこんでしくしく疼いている、いま現在のこの痛みが記憶の中に混入したんだな、などともっともらしく考えたりもした。しかし、まだ夜が明けきってもおらず、カーテンの隙間から射しこんでくる光線もまだ薄ぼんやりしているし、寝室の中もしんしんと冷えこんでいるしで、なかなか布団から出る気になれずにいた。そのうちにまたもう一度、眠りの水位がじりじりと上がってぼくを浸しはじめたらしい。さっき言ったように、時間と場所の認識が訪れて、ひと通りぜんぶが繫がった。と、次の瞬間、最初のあの手摺りの感触がまた戻ってきたんだよ。

ぼくは左手で手摺りを握って、それに力を籠めて軀(からだ)を引き上げつつ一段一段、昇っていこうとしている。ホワイトアウトの空白が少しずつ埋められて、あたりの光景がだんだんはっきりしてきた。そこで、ぼくはそのときその場で起きたことをもっと明瞭に、もっと微細に摑まえてみようとした。そう、それを摑まえてやろうという「意志」が働きはじめたと言ってもいい。ひたすら受け身に、どこからか湧き出てくるイメージの流れに身を委ねたままでいる——夢を見るというのはふつうそういうことだろう——というのではなくて、あの日あの鐘楼の塔を昇っていこうとしている自分自身の姿を、できるだけ鮮明に見定めてみようという態勢を心が取った。だから、これから言うことは、夢見状態でぼんやり体感したことではないし、しかしまた隅々まではっきりと覚醒した明晰な思考が捉えたことでもない。夢と覚醒のちょうど中間あたりに意識をたゆたわせながら、受動と能動とが曖昧に溶け合ったような状態で見て、聞いて、感じたこととして受け取ってほしい。

明かり取りの窓、というより単に小さな四角い穴と言った方がいいような開口部がところどころに穿たれ、嵌め殺しのガラス越しに光が入ってくるから、まったくの真っ暗闇というわけではない。それでも、相当暗いのは事実で、階段から足を踏み外さないように慎重に歩を運んでいかなければならない。光線の中に埃の粒が浮かび上がってきらきら光る。手摺りは滑らかだけれど、ときどき木の節目のかすかな凹凸がてのひらに触れる。手摺りはずいぶん時代が下ってから、安全のために壁に取り付けられたものなんじゃないかな。最初は石段と石壁があっただけなんだろう。

右足を下ろすとき何とはなしの違和感がある。その感覚に注意を集中してみる。時間が少し戻って、プロレスラーのようなご主人の給仕でとうもろこしパンとカフェオレの朝食をとった後、さて少し散歩でもして時間を潰すかと旅籠の前の道路に出て、空を見上げ、家々の上に教会の上部が突き出しているのを認めた瞬間まで映像が巻き戻された。あの方角だと見定めて歩きはじめた瞬間、足元への注意がおろそかになっていたんだろう、水溜まりに右足を踏み入れてしまった。石畳の敷石の一つがずれて隙間に水が溜まっていたところへ革靴をずぶりと突っこんで、靴の中にまで水が入ってしまった。替えの靴下などむろん持ってきていないし、この町でも靴下くらい買えるだろうが、まだ店が開く時間ではない。我慢するほかないかと、仕方がなくそのまま歩き出したのだった。最初に夢の中で感じた右足の不快感は、二十数年後に東京のマンションの寝床に横たわっているぼくがいま現在感じている巻き爪の疼きなどではなく、あのときあの場所で感じていた、濡れた靴下が素肌にへばりつく気持ち悪さの記憶が蘇ってきたものだった。そのことも今ははっきりと思い出された。

ぼくはその薄暗がりの中を一段一段、昇っていった。なあ、人間ってものは、いったいどれほどのことを覚えているものかね。何かを体験する。と、直後にはその体験のなまなましい記憶が残っているけれど、時間が経つにつれてそれはだんだん薄れ、衰えてゆく。細部までみっちりと緻密に描きこまれた油絵みたいなものだったのが、淡色の水彩画みたいなものになり、色を失った線描みたいなものになり、さらに大雑把な木炭デッサンみたいなものへと風化してゆく。最終的に残るものは年譜の一行みたいな、「三十何歳のときグルジアを旅しました」といった簡潔な言葉の命題だけ。まあ、普通、そういうものだろう。そういうことになっている。

しかし、実際の話、ほんとうにそうなのかね。時間の流れのなかで摩耗していったとされる色やにおいや触感は、ほんとうは心の中のどこか小さな引き出しにすべてそのまま、ありのまま保存されているんじゃないだろうか。それをうまく取り出すことができれば、そのときその場所へ感じたのと同じ強さ、鋭さで蘇生させることができれば、ぼくらはその体験を、自分の五官が捉えたそのあらゆる細部とともに、丸ごと完全に復元できるんじゃないだろうか。そうすれば結局、ぼくらは「そのときその場所」にもう一度身を置くことができるんじゃないだろうか。

どうかなあ、とわたしは答えた。よく知らないが、記憶をつかさどるのはたしか、大脳の海馬という部分だというね。いや、海馬はとりあえず、目先の「短期記憶」だけをファイルするのか。そこで整理された後、よほど強い印象を残したものだけが「長期記憶」として大脳皮質に蓄えられることになるという、たしかそういう話じゃなかったかな。しかしね……脳というのはいずれにせよ物質だし、物質は劣化する。日々の新陳代謝でいくら再生しつづけても、年月が経てば神経細胞はそれなりに老化して、シナプスの結合が弛(ゆる)んでゆくわけだろう。蓄えられた記憶の情報量はやっぱりだんだん減衰してゆく。つまりそれが、忘れるってことでね。やっぱり人間は忘れてゆくんだよ。それが救いじゃないか。いや、脳はどうでもいいんだ、と言って彼は何か面白がっているような表情になった。ぼくは自分が、脳で何かを考えているなんて思っていないから。脳じゃなくて、心で考えてると思ってる。

十八世紀の人みたいなことを言うね、とわたしは彼の本気とも冗談ともつかない口調に少し当惑しながら、とりあえず何となく茶化してみた。

心ってものがある。心は脳に宿っているわけじゃないぞ。心は実在する。その心の中には、ぼくの五官が体験してきたことのすべてが残っている。ぼくはそう思う。

うーん、たしかに、ベルクソンによれば――。

いや、ベルクソンもどうでもいい。たしかなことは、ある特定の条件が揃えば、何もかも、ことごとくが蘇ってくる、蘇らせることができる。そういうことさ。そして、それこそが救いなんだ。そのことがはっきりわかったのがあの朝の夢だった。いいかい、薄暗がりの中、手摺りを伝って、おぼつかない足取りで一歩一歩、軀を引き上げてゆく。粗い岩壁に手をつくとその表面はじっとり湿っていて、てのひらがそのまま凍りついてしまいそうに冷たいので慌ててまた木の手摺りに手を戻す。明かり取りの小窓の一つの前まで来て、まだ太陽が低い時刻だから強い陽光の直射を真っ向から顔に浴び、思わず目を細めてしまう。石の角が光っている。窓の框になっている石の外壁の断面のうえに、腹をうえに向けたカナブンの干からびた死骸がある。そのカナブンの縮こまった六本のかそけき足……。さらに昇ってゆく……。見上げると、明るく輝いている次の小窓が頭上に見えてくる……。埃臭さ、黴臭さがむうっと鼻について、ぼくは小さなくしゃみをする……。あとどれくらい昇ればいいんだろうという思いが頭を掠める……。かすかな不安……。バスの時刻が気になって腕時計をちらりと見る……。一段飛ばして昇ろうとしてちょっとよろめき、ステップの角に斜めに引っかかった右の靴から靴下の濡れた右足がずるっと脱げそうになり、足を踏み締め直す……。

地上の入り口から入って石段を昇りつめるまで、二十秒か三十秒か、まあ、あっという間の出来事だ。そのときその場ではさっと過ぎ去ってしまう時間の中で、実際に見たり聞いたり嗅いだりしてはいても意識にはのぼらないままになっている、そんな情報が無数にあるものなんだ。でも、そのときはさっと通過してしまったその過程を、二十数年経った今、半覚醒の状態で、ビデオをスローモーションにして一コマ一コマ、自分の思うままの速度で送ってゆくようにして再生してゆくと、そうしたすべてを改めて知覚することができる。

なあ、時間ってものは「微分」することができるんだよ、と彼は話を続ける。意識の底を探りながら注意を集中すると、時間はどんどん細かくなってゆく。いくらでも果てしなく細かくなってゆく。瞳に映っていても耳に聞こえていても、そのときにはまったく意識せず、見過ごしていた事物、聞き逃していた音や響きが今になってはっきりと意識にのぼってくる。だから、「そのときその場所」にもう一度身を置くとさっき言ったが、実は過去に戻ってそれと同一のことを体験するというんじゃない、「そのときその場所」以上の、それよりはるかに豊かなものを所有することさえできるんだ。人生の或る一日、どうでもいいような、つまらぬ一日の、ほんの小さな体験……鐘楼の塔に入って、手摺りを伝いながららせん階段を天辺まで昇りつめるというほんの二十秒ほどの時間に、どれほど圧倒的に豊かなものが詰まっているものか。それがわかった。ちょっと、茫然としたな。目くるめくような思いだった。何かほんとうに重大な、決定的なことが自分の人生に起こったという気がした。その朝、朝食の席で、勢いこんで女房に、ひとくさりその話をしてみたんだが、勢いが空回りしてうまく言葉にできなかったというのか、どうやらまったく通じなかったようでね。総じて女ってものは、過去にはあんまり興味がないんじゃないのかね。

ぼくだって、そんなにないけどな、もう過ぎてしまったことへの興味も執着も。第一、そんな未練なんか、ない方が健康的じゃないか、とわたしが口を挟むと、彼は苦笑して、ぼくが興味がないのは未来の方だ、と呟くように言った。とにかく、ぼくには啓示のような体験だった。べつだん、それで人生がすっかり変わったわけじゃない。ただ、ここ半年、床に就くのが楽しみになったのは事実だ。眠りに入る直前、それから目覚め際の数瞬……意識と無意識の間の波打ち際とでもいうのかね、狙い澄ましてそういう場所へ自分を持ってゆく。変な言いかたになるが、意識を集中して、意識レベルのきわめて低い状態を作り出すとでもいうのか。ちょっとしたコツが要るんだよ。しかしぼくはその技術にだんだんと熟達していった。そういうレベルに意識を保持することができたら、さあその後は何でもいい、何かささやかな思い出の断片を呼び出してくる。そして、それを徹底的に微分する。微分にかける。

面白いかねえ、そういうことが、とわたしは言った。

面白いというより……癒やされる、と彼は聞き取りにくい声で呟いた。癒やしというのは近頃、何かチープな言葉になってしまったがね……そう、癒やされるというのが正直な気持だ。人生は長いようで短い、短いようで長い、そんなことを誰でも言うが、それが何の背理でもないことをつくづくと得心させてくれるよ。何でもない日の、何でもない数十秒とか数分とかを、ゆっくりと蘇らせて、色も音もにおいも、そのときははっきり意識できていなかった自分の感情のいちばん深いところに流れていたものまで含めて、つぼみの状態で眠っていた何もかもを完全に開花させて、とことん味わい尽くす。これは、繰り返すが何か圧倒的な、目くるめくような体験だ。その材料となる記憶の貯蔵庫は、ほんの数十年の人生で蓄えたものだけですでに膨大だ。ほとんど無限大と言ってもいい。

それ以来、ぼくは昼間でもよくうとうとするようになってね。電車に乗って席に座ると、目を瞑ってあの半覚醒状態を作り出し、過去の何かの瞬間の再現に熱中してしまう。それで降車駅を乗り過ごしてしまったことが何度もあった。まあ、傍(はた)から見れば単にオッサンが居眠りをしているだけなんだが……。たとえば、小学二年生の夏、自転車に乗れるようになったばかりの頃、年上の従兄に先導してもらって初めて遠出して、海岸まで漕いでいった日のこと……。砂浜で漕ごうとして、車輪が砂にとられて自転車が倒れた……。膝の擦り傷を従兄が海水で洗ってくれたがひどく沁みて、涙を従兄に見せまいとしてぼくは一生懸命だった……。従兄はそんなぼくの気持をわかっていて、ただ黙って肩に手を置いてくれた……。ハマユウの花の群生が風に揺れていた……。そんな半日ほどの体験にどれほど膨大なものが詰まっているか。ぼくは切れ切れに、一部分ごとに記憶を甦らせながら、少しずつ少しずつ少しずつ時間を前に進めてゆく。すべてを展開し尽くすには何日も何日もかかる。

気の長い話だなあ、とわたしは言った。軽い苛立ちがわたしの口調を少しつっけんどんなものにさせていたかもしれない。

うん、ぼくはこの頃、気が長くなったようでね、と彼は素直に受けた。それは良いことなんじゃないか、え？ いろいろと、意に染まないことが多くなって、忍耐の緒が切れやすくなる年齢じゃないか、お互い？ 少しずつ少しずつ、という、まあそういうことだ。薄暗がりの中を、手摺りを伝って一段また一段と軀を引き上げてゆくようにね。そう言えば、最初のきっかけがそのグルジアの教会の鐘楼を昇ってゆく記憶だったせいなのか、それとも何か別の理由があるのか、わからないが、何か手摺りにまつわる思い出がやたらに湧き出してくるような気がする。これはいったい何なのかね。大学三年の夏休み、リュックを背負って東南アジアを貧乏旅行して回ったとき行ったカンボジアのアンコール・ワットの、中庭に面した見晴らし台の縁をぐるりとめぐっていた手摺り……。日が暮れかかって、蛙の合唱が耳にうるさいほどだった……。父が死んだ後取り壊されてしまった徳島の実家の古家の、ぎしぎしと踏み板を軋ませながら二階へ昇ってゆく狭い階段の手摺り……。味噌汁を作ろうとしておふくろが台所で煮立てているかつお出汁(だし)のにおい……。最初の女房と新婚旅行に行ったローマのホテルの、ロビーへ下ってゆく大階段の手摺り……。さあこれから下町のトラステヴェレ地区にでも繰り出して、何か旨いものでも食べようかという心のときめきと軽い興奮……。

しかし、ねえ……とわたしはわざと、少しばかり大袈裟に首をかしげてみせながら、疑わしげに言ってみた。彼はわたしに会いたいと言ったそうだが、それは、こんなとりとめのない長話を聞いてもらい、うんうん、そうかそうかとしんみり頷いてほしかったからなのか。そんなことではないような気がする。大学の頃、紙屑の散らばった小汚い演劇部室で、カミュとサルトルの論争はどっちが勝ったかというような幼稚な議論を、彼と何時間も飽きずに続けて気炎を上げたものだ。なぜあんなことに一生懸命になれたのだろうと今となっては不思議でなくもないが、そんな青臭い学生同士の付き合いをここで、お互い五十代半ばになって今この病室で、少しばかり再現してみるのも一興ではないか。

思い出したとか、思い出すことができるとか、きみは言うけどな、とわたしは言った。その夢できみが体験したのが、実際に起きたことの正確な再生だなんて、いったいどうしてわかるんだ。そもそも、ひどく歪曲されたり別のものに置き換わったり、間がいきなり飛んだり突拍子もないものが出てきたり、とんでもなく懸け離れたもの同士がいきなり結びついたり、そんなことが平気で起きるのが夢ってものじゃないか。きみの夢は実体験がそのまま蘇ってきたものだというが、そういうのは夢としてはむしろ稀だろう。思い出してるというより、実はそのつど、きみの意識だか無意識だかが、シーンを作り出しているんじゃないのかい。実体験の再現だときみが思いこんでいるだけで、捏造された架空の細部がそこにはいくらも紛れこんでいるんじゃないのかい。たとえ架空でなくても、別のとき、別の場所での体験の記憶が混入しているかもしれない。そのグルジアの鐘楼の窓框に、カナブンの死骸なんかほんとうはなかったのかもしれないよ。明かり取りの小窓は四角じゃなくて丸い形だったのかもしれないよ。ほんとうにそれは想起なのか。想像でも妄想でもなく、実体験に忠実な想起なんだ、その正確な再生なんだとはたして断言できるのかね。過去を美化してしまうのは人間の性(さが)ってもんだからな。ときめきとか何とか、ロマンチックなことをさっき言ってたけどな、今はもう忘れてるだけで、そのホテルの階段を下りながら、ほんとうのところはきみと奥さんは新婚早々、ぎすぎすした口喧嘩をしてたのかもしれないぞ。

　わたしはそこまで一気に喋って、どうだ、という思い入れで彼を見た。わたしの論を興味深そうに聞いていた彼はしばらく黙っていて、それから、そりゃあまあ、そうなんだけどな、とこれもまた柔らかく受け、そして、しかしそういうことは何だか、あんまり考えてもしょうがないことなんじゃないのかなあと、ぼくは思ってるんだよ、と少しずつ言葉を噛み締めるようにゆるゆると言った。しばらく黙っていて、それから、もともとぼくは、夢なんてものはあまり見ないたちでね、と言った。だいたいのところは枕に頭をのせると、何秒も経たないうちにことんと眠りに落ちてしまう。風邪を引いて熱でも出ていないかぎり、その眠りもホワイトアウトだかブラックアウトだか、意識の空白そのものでね。ややこしい映像の往来に悩まされることなんかほとんどない。いやそれとも、何か見ていることはいるけれど目が覚めたとたんに忘れてしまうだけなのかね。まあともかく、少なくとも半年前のその朝までは、そんな具合だった。

　また少し黙って、それから、しかしこの半年来つくづく思うのは、というより心の底から確信するようになったのは、そんなふうに半ば眠りながら、半ば覚めながらぼくが体験するものは、ぜんぶ現実だ、ということなんだよ、と言った。それはありのままの現実であり、ほんとうに起きた出来事以外の何ものでもない、と……。まあ、待て、と彼はわたしが喋り出そうとするのを制しながら、いいか、と言って少し軀を起こした。「ほんとうは」とか「実は」とかきみは言ったな。でも、「ほんとう」って、何だ？「現実」って、いったい、何だ？ かつて在ったのは「ほんとう」の「現実」で、ぼくの心に今蘇ってくるのは歪曲やら想像やらが混じった紛い物の擬似体験でしかない、ときみは言うわけだ。しかし、かつて「現実」が在った、「ほんとう」のことが「ほんとう」に存在した、なんてことが、そもそもいったい誰に断言できる？ それをどうやって証明できる？ そんなものは最初からなかったのかもしれないよ。手摺りなんて、そもそもあの塔のらせん階段に付いてなかったのかもしれない。いや、カナブンの死骸があったかなかったかどころの話じゃない、それで言うなら、いっそのこと……そもそもあんな教会も鐘楼も、ヤノも司祭もプロレスラーふうの宿の亭主も、もともと存在しなかったのかもしれない。それどころか、ぼくはグルジアという国に行ったことなんか実はなかったのかもしれない。

結局、信じるか信じないか、それに尽きるんじゃないのかね、と言って彼はわたしの目を真っ直ぐに見た。過去にそういう「現実」の体験があったと、ただぼくらは信じているだけなんだ。もしそうなら、それとまったく同じ資格で、ぼくの半睡状態の夢の中で甦ってくるものこそ「ほんとう」の「現実」だと信じたっていいじゃないか。信じることで、それは実在するようになるんだから。実在しはじめることになるんだから。単に、それだけのことなんじゃないのかね。実体験と擬似体験の区別なんて、その境い目なんて、もともとありゃあしないんだ。少しずつ熱を帯びて言いつのるその口調から、これは彼がすでにかなり長い時間をかけて考え抜いた問題らしいとわたしは感じた。

実を言えばわたしは、こんなこちたき認識論の議論みたいなものに巻きこまれるより、ごく単純に彼に一つのことを訊いてみたかった。忘れることが救いだとわたしは言い、思い出すことでこそ救われると彼は答えた。しかし、人間にはほんとうに辛い体験、持ち堪えつづけるにはあまりに辛すぎて、そんなことをすると存在の核が崩壊してしまいかねない、そんな体験というものがあるはずではないか。いや、ある、たしかにあるのだ。そのとき、崩壊から自我を救ってくれるものは、わたしにはやはり、時間の経過による記憶の摩耗以外にないとしか思われない。記憶を再生することが癒やしだときみは言うが、あらゆる記憶がそうなのかい？　そんなふうに微に入り細を穿つような迫真感で再現するのが耐えられないような種類の記憶、おのずと蘇ってきてしまうのがむしろ辛くて堪らず、できるものなら完全に消去してしまいたい記憶ってものも、人間にはあるはずなんじゃないのかい？――わたしは彼にそう質問してみたかった。彼は二番目の奥さんとの間に出来た一人息子を交通事故で亡くしている。その子が誰もが羨むような高校の入試に合格した矢先の出来事だった。傍の目も憚らず、身も世もないように軀をよじって号泣する彼の姿をわたしはその子の葬式で見ている。

わたしはここまで遠慮が先に立ってその話を正面切って持ち出す気にはなれずにいたが、それをしなくてほんとうに良かったと今改めて思った。というのも、「ほんとう」の「現実」なんてものが存在したのかと自問し、なかったのかもしれないよと呟いている彼を見ながら、この男は実はまさに、息子を亡くすというその体験それ自体について語っているのではないかという思いが、啓示のようにわたしに訪れたからだ。手摺りの感触があった、というところから始まった今日の長い話は、結局彼はそれには一度も触れなかったけれど、実を言えばそのすべてが、自分の息子の死というあの出来事を中心として旋回していたのではないか。

病院の四階にあった彼の病室を辞去した後、わたしはエレベーターの前を通り過ぎ、階段を下って出口へ向かった。その階段にも手摺りがあった。指先をその手摺りに軽く滑らせていきながら、わたしは足を下ろしたステップの感触を一段一段確かめるように、ゆっくりと下っていった。病状の話題なんかほとんど出なかったな、とんだ見舞いもあったものだとわたしは考え、その考えは多少愉快でないこともなかった。病院の階段には窓がなく、薄暗い照明が灯っているだけだった。あの朝、彼はまだ生命力を漲らせた若々しい肉体で、西アジアの小国の教会の鐘楼を昇っていった。今わたしは、東京近郊の病院の階段を手摺り伝いにゆるゆると下りつつある。しかし、結局ぼくは薄暗がりの中を手摺り伝いに生きてきたし、これからもそうやって生きてゆくんだろうな、と最後に彼は自分自身に言い聞かせるように呟いていたものだ。手摺りを伝いながら。手摺りから手摺りへと伝いながら。少しずつ少しずつ……。いくぶん途方に暮れたようにそう呟いていたものだ。いつかそのうち、手摺りの尽きるところへ出るんだろうか。いつかもう一度、あのグルジアの小さな教会の鐘楼の頂上に出て、広々とした野原と森と遠くの山々をそこから見晴るかすことになるんだろうか。そのとき、その寒々とした風景は現実なんだろうか、それともそうじゃないのだろうか。

四人目の男

橋の横幅いっぱいに張り渡された、黄と黒の筋が斜めに走る虎柄模様の柵の脇には、大きな立て札が掲げられ、そこに書かれているチェコ語は読めないが、その下にやや小さな文字で添えられたBridge Closedという英語の意味は明らかで、要するにカレル橋は通行止めになっているのだった。フランクフルトを発つ直前に詩人から受け取った短いメールには、カレル橋のたもとで会おうとあったから、いずれにせよ橋を渡る必要はない、このあたりで待っていればいいはずだ、と官僚は心の中で自分に言い聞かせた。まさか、たもとというのが対岸のたもとであるわけはあるまい。

霧雨が降りしきっていた。五月末にしては肌寒い、宵の始まりの時刻だった。傘を持たない官僚はレインコートの襟を立て、川沿いの遊歩道が始まるあたりまで行って、胸のあたりまで高さのある鉄柵越しにヴルタヴァ川を見下ろしてみた。流れは速く、渦巻く濁流が橋桁に激しく当たって白いしぶきを上げている。チェコの国土が広い面積にわたって甚大な被害を受けた大洪水はようやく収まりかけているというニュースが、飛行機のシートの前のテレビ画面に流れ、いくぶん安堵したものだった。しかし、カレル橋が通行止めになったままだということは、その災厄の余波はまだ何がしか残っているということか。橋桁にはたしかに派手なしぶきが上がっているものの、あんなどっしりした石の構築物を押し流すほどの勢いが川水の流れにあるとは思えないし、きっとふだんよりずっと増水してはいるのだろうが、その水位も橋の通行面まで浸水するといった惨状からははるかに遠い。それでも安全には安全を期して通行を禁止しているということなのか。

川沿いのホテルの中には浸水が原因で急に休業してしまったものも多いと聞いていた。宿をとっておいてやるという詩人の言葉をあてにして、何の予約もしないまま空港からこの場所までタクシーで直行してしまったが、万が一このまま詩人に会えずに終ってしまったらいったい今夜はどこに泊まればいいのか。約束の午後七時はもう二十分も過ぎ、対岸に立ち並ぶ建物が夕暮れの微光に黒々としたシルエットとなって浮かび上がり、その微光も見る見るうちに薄れてすべてが闇の中に溶けこんでゆくようだ。

不意に肩を叩かれて、ようやく来たかと振り返るとそれは詩人ではなく、黒い大きな傘をさした探偵の顔がすぐ間近にぬっと迫っていて、そこには、何かの偶然で自分が人語を解するようになってしまったことに困惑している猿のような大きな笑みが浮かんでいる。

詩人が掛けてきた電話の趣旨は、もう一人の大学の同級生だったこの男もたまたまプラハに滞在しているから、三人で集まろうじゃないかということだった——新市街の道端であいつにばったり会って、そのときは立ち話しかしなかったが、今度ゆっくり会おうという話になったんだ。きみが外務省への出向でフランクフルトにいるらしいという話をしたら、懐かしい、懐かしいとしきりに繰り返していたよ。どうだい、いつか週末にでも、プラハにちょっと遊びに来ないか。飛行機に乗ればほんの一時間かそこらだろう。

——何だ、おまえか、と官僚は笑みを返さずに言った。この男に再会したい気持が自分の中にあるのかどうか、官僚にはその詩人からの電話のときもよくわからなかったし、こうして実際に面と向かい合ってみても依然として判然としない。積極的に嫌っているというほどではないが、久しぶりに顔を合わせてもとくに温かな感情が湧いてくるわけでもない。仕事の上で会う連中ならむろんその程度の相手にでも愛想笑いくらい返してやるけれど、この男にはそんなことをしてやる義理はない。だが、それならおれはいったい何でまた、詩人の誘いに乗ってプラハくんだりまで飛んできたりしたのだろうか。こんなに長い歳月にわたる空白の後、もう一度詩人に会ってみたいという気持はたしかにあったものの、そこにこの三人目の男が同席することをおれははたして望んでいるのだろうか。応諾の返事をして電話を切った後、官僚の頭に幾度となく浮かんだ疑問だが、その答えは今になってもなおよくわからなかった。

——久しぶり、と、こういうときにはたぶん、言うのかな、と探偵は官僚に傘をさしかけながら、何かわざとらしいためらいぶりを示しつつ、芝居のせりふでも言うような抑揚をつけて言った。

——十年ぶりか、十何年か、とつい釣られて官僚も記憶の中をまさぐってみるが、大学時代のあれやこれやを別にすれば、この男の顔を伴った思い出はとっさには一つも蘇ってこない。

——そんなものかな。早いな。あ、ほら、膵臓癌で死んだ＊＊の葬式で……。

——しかし、おまえだけなのか、と官僚は探偵の言葉を邪慳に遮って言った。その話には深入りしたくなかった。

——ああ。あいつは、何か用事ができたとかで……。ほら、これをことづかってきたよ。もうチェックインは済んでいるそうだ、と言って探偵は鍵を差し出した。変哲もないその小さな鍵には細い鎖で白いプラスチックの小板が付いていて、ホテル名とともに41という部屋番号が刻印されている。それをコートのポケットに入れながら官僚は、

——どこにあるんだ、このホテル、とそっけなく訊いた。

——うん……ちょっとわかりにくいところでね。後で連れていってやる。

——で、どうする、あいつをここで待つのか。

——いや、と探偵はきっぱり首を振って数秒ほど口を噤んだ。それから、とにかく軽く飯でも食おうじゃないか、と取り繕うように言って、観光客の行き交う小路へ向けて曖昧に手を振り、官僚を促した。そのまま返事を待たずにさっさと歩き出す。傘をさしかけつづけてやる気が失せたらしいのは、さっきの一瞬、一緒の傘に入るのは疎ましいという思いが官僚の目の色にかすかに滲み出たのを、目ざとく見てとったからだろう。官僚は足元に置いておいた、一泊旅行だからそれ一つしか持ってこなかった小さなボストンバッグを取り上げて、仕方なくその後を追った。

くねくねと続く細い路地からもっと細い路地へと、プラハの旧市街の迷路を探偵は迷いのない足取りで歩いていった。屋台や物売りが出ているやや大きめの広場にもいったんは

足を踏み入れたものの、そこからすぐに大きな建物に入って高級品のショーウィンドウが両側に並ぶ明るいアーケード街を抜け、突き当たりの石段を降りるとそこからはまた狭い小路が続いた。探偵の後ろ姿を見ながら官僚は、夜道をこの男の後にこんなふうについていったことがかつて幾度となくあったのではなかったかとぼんやり考えていた。そして、そんなときにはいつも悪いことばかり起こったような気がしてならない。それでも大学時代には傍(はた)からは、詩人も含めていつも一緒に行動するけっこう仲の良い三人組に見えていたはずだ。あることがきっかけでその友情には罅が入り、うわべだけの交際が復活した後もその罅は本当には修復されなかった。もともと本当の友情ではなかったのかもしれない。

二人の回りを行き交う人々が最初は多かったが、細い路地へ分け入ってゆくにつれてその数はしだいに少なくなっていった。しかし、いずれにせよそんな通行人のことごとくが官僚には影のように見えた。興奮して声高に喋り合ったり大きな笑い声を立てたりしている観光客さえ、妙に存在感が乏しく、影絵芝居の登場人物のようにしか映らないのは不思議と言えば不思議なことだった。

探偵が官僚を連れていった先はそんな外国人観光客の姿などまったく見当たらない、地元の人たちばかりで賑わっている小路の突き当たりの小さなビアホールだった。おれは腹は減っていないよと官僚はメニューを碌に見もせずに呟いたが、それには頓着せずに探偵は、ビールとともに豚のローストやら鶏のトマトソース煮やらをてきぱきと注文し、運ばれてきた皿を片端から旺盛な食欲を誇示しつつがつがつと平らげていった。

——しかしおまえ、いったい何をしているんだ、プラハくんだりで、と官僚はふた口ほど飲んだ濃厚なビールの酔いが急速に回りはじめるのを感じながら尋ねてみた。

——うん、仕事でね。つまらない仕事……。

——警察は辞めたんだってな。

——辞めた、辞めた。あれはね、何かの拍子にいったん出世コースを外れると、どうあがいても生涯うだつの上がらない、上がりようのなくなっちまう、因果な世界でね。おれより若い上司にかしこまって敬語を使わなくちゃならなくなる。入れ代わり立ち代わりするその上司の歳も、どんどん若くなってゆく。馬鹿々々しいからおん出てやった。もうずいぶん昔の話。

——で、今は。

——うん、あれやこれや、ほまち仕事を……へっ、「ほまち仕事」なんて言っても、若い連中には通じないか。この頃、下手なことを口走ると若い奴らからすぐ嗤われる。外国人と付き合っている方が気楽でいいや。そう吐き出すように言う探偵の目に案外真剣な憎しみが浮かんでいるのに、官僚は少しばかり胸を突かれた。二人ともそろそろ五十に手が届きかけている。

探偵が熱心にプラハの売春宿の話をしたのは官僚へのサービスのつもりだったのかもしれない。官僚は官僚で、フランクフルトの領事館で起きたちょっとした珍妙な不祥事の顛末を披露したが、これもまた彼なりのサービスだった。探偵は何度か頭をのけぞらせ咽喉(のど)まで見せて甲高い笑い声を立て、それに官僚は口の端を上げるくらいの笑顔で応じたが、その探偵の引き攣ったような笑いが本当に愉快な気分から出たものとは思えなかった。話は嚙み合わず、弾まず、すぐに途切れ、接ぎ穂がなくなって、二人でそっぽを向いて煙草を吸っている沈黙の時間がだんだん長くなった。この店に詩人が合流するのかと官僚は何度か尋ねてみたが、そのつど探偵がのらりくらりと話題を逸らし、その問いに正面から答えようとしないことにしだいに苛立ちがつのってきた。探偵がひっきりなしに袖を捲って腕時計を見るのも癇に障る。何だ、次の約束でもあるのかと訊いてみても、うん？　いやいや……などと曖昧に誤魔化すだけだ。

――さて、おれはもう寝るぞ、とついに官僚は疲れた声で言った。二杯目の大ジョッキもそろそろ空になりかけている。じゃあ、ホテルに案内してもらうかな。この近くでタクシーは拾えるのかい。

――いや、もう、すぐそこなんだ。大丈夫、歩いて行ける。じゃあ、勘定を頼むか。

ビアホールを出ると雨はもう止んでいた。実際、ホテルはそのビアホールとひと筋違いの通りにあり、二人とも無言のままゆっくりと歩を運んでも三十秒もかからなかった。エントランスの回転扉の前まで来ると探偵は、じゃあ、おれはここで、明日また連絡するよと早口に言い、そそくさと立ち去ってしまった。

古い小さなホテルだろうということは、鍵が今ふうのホテルならどこでもそうであるようなカードキーではなく、昔ながらの金属製の鍵であること、部屋番号が二桁の数字であることから、最初から見当がついていた。しかしそれにしてもそのホテルのファサードのあまりにも古臭い、ほとんど薄汚いと言ってもいいようなおんぼろさ加減にはいささか呆れた。これではまるで商人宿ではないか。ぎいと軋みつつがたがた揺れながら回る回転扉を押して小さなロビーに入った官僚は、どうせならなぜもっと良いホテルをとっておかないんだと舌打ちするような気分で、擦り切れかけたカーペットを踏んでフロントに近寄っていったが、そのカウンターには誰もいない。奥の部屋に向かってハロー、ハローと叫んでみたが誰も出てこない。

——いないよ、という日本語が斜め後ろで聞こえたので、驚いて振り返ってみると、入ってくるときには気づかなかったが、ロビーの奥にくぼみのようになった応接スペースがあり、その肘掛け椅子に詩人が一人でひっそり座っている。

——何だ、そんなところで、幽霊みたいに、という言葉が我知らず口をついて出たのは、隅に立っている電気スタンドが二本とも消えていて、そのあたり一帯が薄暗がりに沈みこんでいる中、背を丸めた小柄な詩人が顔だけ上げて生気の失せた視線をこちらに投げていたからだ。詩人はのろのろと立ち上がり、こちらに向かって歩いてきたが、その歩みは、麻痺した足をそのつど力を籠め、苦労して左右交互に一歩一歩出してでもいるように官僚の目に映った。二メートルほどの間合いで立ち止まり、官僚とは目を合わせないまま、

——おう、着いたか、と詩人は言った。

——着いた。ついさっきまであいつとビアホールで……。

——ここのフロントはこの時間になるともう、人はいたりいなかったりでな。鍵は受け

取ったか。

——ああ。しかし、宿泊カードを書いたり、何やかんやあるだろう。

——要らん、要らん、と詩人はうるさそうに手を振った。ここはそんなご大層なホテルじゃない。

——ほんとにそうだ。もう少しご大層なところでも、おれはまったく構わなかったんだぜ、と官僚の声に少々非難がましい響きが滲んだ。

——すまんが、ここに泊まってくれ。ちょっと事情があってな。おれはもう行かなくちゃならん。

——え……。慌ただしいな。どこかでちょっと飲もうじゃないか。あいつを呼び戻して……。たった今、そこで別れたばかりだ。まだどこかその辺にいるだろう。

——いやいや、いいんだ、いいんだ、と詩人は急に慌てた口調になり、ためらうような足取りでさらに二歩ほど距離を詰めてきた。妙に律儀にグレーのスーツを着込み、それと不調和な黄色のネクタイまで締めているが、よれよれで垢染みたシャツの襟の片方が捲れ上がっている。もう今夜のところは、このまま寝てくれ、と呟くように言う詩人の息のにおいが官僚の鼻孔に届いて、ようやくこの男が酔っ払っていることがわかった。どんよりと曇った放心状態の目には光がなく、どうやらかなり手ひどく酩酊しているとおぼしい。

——じゃあ、明日……。

——いや、ちょっと具合が悪くなった。事故が起きて……。悪いが、明日、プラハ見物でもしてこのまま帰ってくれ。

——えっ……。何なんだよ、いったい。おまえの電話で、わざわざ飛行機に乗ってやって来たんだぜ。せめて昼飯でも……。

——わかってる、わかってる。すまんな。おまえ、プラハは初めてだろう。城へ行ってみろ。ヴルタヴァ川の対岸だ。時間が潰せるぞ。詩人の物言いが早口になった。ゴシック様式の聖ヴィート大聖堂、ロマネスク様式の聖イジー教会、美術館もいろいろあって……中世のイコンのコレクションなんか、大したもんだ、一見の価値……。

——まあ、いいよ、いいからさ、と官僚は宥めるように口を挟んだ。

——ふん……。詩人は口を噤んでふと醒めた表情になった。小遣い稼ぎの観光ガイドをやりすぎたな、馬鹿々々しい、というのは独り言のような呟きだった。同時に、少しばかり軀のバランスを崩してよろめいたが、片足を半歩背後に引いて持ちこたえた。

——そんなアルバイトもやってるのか。日本語を教えているんじゃないのか。

——ああ、小さな語学学校でな、もう十年近くになる。しかしまあ、そんなことはどうでもいい。もう、どうでもいいんだ。で、鍵は。鍵は受け取ったんだな。

——ああ、貰っている、と官僚は答え、ポケットからそれを取り出し、右のてのひらの上にのせて胸の前で詩人に示した。

——ちょっと見せてくれ。あ、それは違う。それじゃないんだ、と言いながら詩人は少し慌てた様子で手を伸ばし、その指先が官僚のてのひらに当たって鍵が床に落ちた。詩人は先ほどのふらつきようが嘘のような敏捷な身のこなしでそれをさっと拾い上げた。

——あっと、タグがとれちゃったんだな、と官僚は言い、もう一度ポケットの中を探って、ホテル名と部屋番号の刻印された白いプラスチックの小板を取り出し、それをさっきと同じようにてのひらにのせ、詩人に向かって差し出した。詩人の方も左のポケットから何かを出し、拾った鍵と見比べて、一瞬迷うように首をかしげ、それからその片方を官僚のてのひらに闇雲に押し込んできた。その勢いでまた手と手がぶつかり、官僚のてのひらからまたしても、今度はそのプラスチックの小板が落ちた。詩人は今度もまた、すばやく身をかがめてそれを拾った。彼はそれをこぶしの中にぎゅっと握り込み、何かうっというような声を洩らして一瞬息を詰め、それから手を開き、記された番号をちらりと見て、

——41じゃあない、14だ、と力なく呟いた。いいか、おまえの部屋は14号室だ。まったく、あいつの馬鹿な思いつきで……。

——思いつきって……。官僚はてのひらに押し込まれた鍵を見た。それには最初からタグは付いていなかった。

——いや、いい。何でもない。

——おまえ、大丈夫か。べろんべろんになってるようじゃないか。

——いいから、さ、真っ直ぐ14号室へ行け。とにかく明日電話するから。

——おれの携帯の番号は知っているな、と官僚は念を押した。おまえの携帯は。

——携帯は捨てた、と言うなり詩人はくるりと背を向け、回転扉をぎいっと軋ませて出ていった。十数年ぶりの再会にしては奇妙な数分だった。これなら探偵とビアホールで過ごした気づまりな一刻の方がまだしもだったかもしれない。しかし、やることなすこと短兵急で頓珍漢で、それを補う愛嬌なり機転なりがあるわけでもなく、要するにはた迷惑を絵に描いたような男であることは昔から知っているから、さして驚いたわけではない。こんな成り行きになることを最初から予期していたような気もする。

独り取り残された官僚は苦笑しながら無人のロビーを見回した。どうやらエレベーターさえないようだ。カウンターの横を回ったところに狭い螺旋階段が見つかった。それをぐるぐる回りながら昇って二階の廊下に出た。番号を辿ってその廊下を進むと14号室はいちばん端の部屋だった。

しかし、鍵穴に差し入れようとする鍵が、どうしても中に入っていってくれないのだ。鍵と鍵穴を相手にしばらく格闘したが、いつまで弄くり回していても埒が明かない。どうしよう、フロントに戻って何とかしてホテルの誰かを呼び出すか。官僚はドアの部屋番号と手の中の鍵をしげしげと見比べた。何のタグも付いていないこの裸の鍵は、本当にこの部屋の鍵なのか。両手のこぶしにそれぞれ一本ずつ鍵を握り締め、その一方を渡してよこした先ほどの詩人の手品でも披露するような動作が、まざまざと蘇ってきた。あの泥酔した男が、またぞろ頓珍漢な勘違いをやらかしたんじゃないのか。14か、それとも、41か。

官僚は螺旋階段まで戻って、その続きをまたぐるぐると昇っていった。三階の部屋は二十番台、四階は三十番台……螺旋階段はその四階までしかない。しかし四階の廊下を進んでゆくと、突き当たりの34号室の脇に上へ伸びてゆく狭い階段が見つかった。はしごと言うほどではないが大袈裟に言えばそれに近い。見上げると階段の中途から上はもう真っ暗で、電灯のスウィッチは見当たらない。少々ためらった後、官僚は思い切って片足をステップにのせてぐいと軀を引き上げた。手探りするようにその暗い階段を昇りつめたところに小さな踊り場があり、そこにようやくスウィッチのありかを示す小さなランプが灯っているのが見つかった。それを押すと壁から横に突き出した薄暗い電灯がぽっと灯る。その明かりで、直角に曲がってさらに数段続く階段の突き当たりのドアに41という表示があるのが見えた。五階はどうやらこの部屋一つきりということのようだ。では、これは屋根裏部屋みたいなものなのか。

鍵は鍵穴にするりと入り、ほんの少し力を籠めるだけで滑らかに回って、かちりと錠の外れる音がした。室内の明かりを点けてみると、ひょっとしたら天井の低い、みすぼらしい屋根裏部屋みたいなものかという恐れはまったくの杞憂とすぐにわかった。こんなおんぼろホテルにしては予想外の、あらゆる設備の整った贅沢なスイートルームだった。調度も照明器具もアンティークものだが、どれも選び抜かれたテイストを感じさせる豪奢な品ばかりで、それが黒を基調としたモダンな寝室デザインと意外にしっくりと調和している。液晶テレビの下のラックにはキーボードもあり、インターネットに接続できるようにもなっているらしい。

官僚はとりあえず冷蔵庫から出してきたスコッチの小瓶で水割りを作り、続き部屋のリビングのソファに腰を下ろしてそれをひと口啜った。こんな商人宿みたいな安ホテルに一つだけ用意された特別室のようなものなのだろうか。しばらくそこでぼんやりと今夜の奇妙な成り行きを思い返してみたが、案に相違して自分の中にさほどの不快感も失望感もないことを、彼は少しばかりの驚きとともに確認した。あの二人と「旧交を温める」などということに、結局おれはそんなに乗り気だったわけではないのだ。

プラハ城の見物か。それもいいではないか。今週の前半は、日本の首相夫人が欧州外遊の途中フランクフルトに数日滞在し、それは外国のプレスに対しても後先見ずの奔放な言動をする女性で、しかし公式の場での物言いにあからさまに割って入るわけにもいかず、胃の痛くなるような思いをした数刻もあった。そうしたすべてがつつがなく終って、彼は今いささかの解放感を愉しんでもいた。水割りのタンブラーを手にそのソファでどれほどの時間放心していたのかと、後になって思い出そうとしてみたがよくわからなかった。首をソファの背にあずけてしばらくの間うとうとしていたような気もする。

ふと覚醒し、残った水割りを飲み干して空のタンブラーをテーブルに置くと、さて寝るかと呟いて官僚は立ち上がった。主寝室に入ってベッドに近づき、少し乱れていることが最初からかすかに気になっていた黒いベッドカバーを無造作にさっと剝いだ。その瞬間、彼は声にならない叫びを押し殺してその場に立ち竦んだ。

ベッドに敷きつめられている真っ白なシーツの上に、それまでカバーに隠されていた尋常でない大きさの血の染みが広がっている。染みというよりはむしろ血溜まりと言うべきだろうか。血はまだ乾ききってはおらずにじくじくと湿って、部分的には液状にたゆたってさえいて、その全体が天井灯の光を反射しぎとぎとした暗赤色の鈍い輝きを放っている。官僚は自分が手にしているベッドカバーも、布地の黒色に紛れて見分けがつかなかっただけで、実はその血でぐっしょり濡れていて、それでこんなに重いのだと気づき、慌てて手を放した。ひょっとしたらおれは部屋に入ってすぐ、いっとき休憩するつもりでこのカバーの上にごろりと軀を横たえていたかもしれないという思いが閃いて、背中に冷たい水を浴びたような気持になった。

警察、という言葉がまず頭に浮かび、備品の電話機に近寄った。が、受話器に手をのせたところでためらいが生じ、幾つかの想念が立て続けに明滅した。この国の警察の電話番号は何だろう。ドイツでは日本と同じ110だが……。いや、ヨーロッパ共通の緊急通報用番号というやつがあり、それは112なのだが、チェコでもそれは機能するのだろうか。電話して、警察のオペレーターに英語が通じるのか。もちろん通じるだろうな。……

いやいや、おれは何をしているんだ。まずとにかくフロントに知らせなければ。そのうえで、必要なら彼らに警察を呼ばせればいいだけのことだ。

パンフレットでフロントの番号を調べ、01というその番号を数十回コールしつづけたが誰も電話に出ない。直接行くしかないと官僚は腹を決めた。ちょっとためらったが、部屋を出る前に血溜まりの上にベッドカバーをばさっと掛け、毒々しい暗赤色の広がりを視界から隠した。官僚は後ろ手にドアを閉め、狭い階段を駆け下り、まず四階のフロアまで出たが、やはり動転しているせいか二段飛びでその床に着けた足がもつれて転びそうになった。たたらを踏んで体勢を立て直した瞬間、ポケットに入れたままだった携帯が鳴った。

——もしもし、という詩人のかぼそい声が聞こえてきた。

——おまえか、と官僚は急きこんで言った。おまえ……あの部屋……ベッドに……。言葉がすんなり出てこない。

——えっ、何……。

——ベッドに血の染みが……いったい……。詩人が息を呑んで黙りこくってしまった気配があった。官僚は、待て、待て、ちょっと待ってろよ、いいな、と怒鳴るように言い、今駆け下りてきた階段をまた駆け昇り、41号室に戻ってドアをばたんと閉め、続き部屋のソファに腰を下ろした。深呼吸を一つしてから改めて携帯を耳に当て、もしもし、と呼びかけてみる。

——ああ……。

——おい、この部屋……

——14号室か。

——14じゃない、41だ。ベッドに血が、凄い量の……。

——だって、41号室には行くなと言ったじゃないか。言わなかったか……。もちろんおれじゃないぞ。おれは何の関係もない。そうか、血が……。

——血溜まり……。あんな尋常じゃない量の……。

——血だけ、だった？

——え……？　官僚は主寝室の方へ視線を投げた。先ほど大雑把に黒いカバーを広げて血痕を隠しておいたベッドの一部がそのソファから見えている。

——軀はもうなかったんだな？　あの女の……？

——軀？　女？　女って、誰だ？

——あいつら、女だけ運び出して、血の始末はしていかなかったのか。それじゃあ、何の意味もないじゃないか、と詩人は腹立たしげに呟いた。ひょっとしたら、わざと、あいつら……。

——あいつらって何だ。何があった。とにかく警察に通報するから……。

——それはするな！　詩人の声が悲鳴のように高まった。

——しかし……。

——それはまずい、まずいんだ。

——何があったのか、説明してくれ。そう言うと、詩人の声がしばらく途切れ、やがて、

——誰にも言わずに、橋のたもとまで来てくれ。そこで待ってるから、という弱々しい声が聞こえてきた。

——橋って、カレル橋か。

——そうだ。すぐにだ。頼むよ。頼むから。

——何だ、またかよ、という官僚の声は思わず大きくなったが、それには返答がないまま通話はぷつりと切れた。

どうしよう。しかしそう長くは思い悩むこともなく、何か居たたまれない気持に衝き動かされ、よしと心を決めて官僚は立ち上がった。それでも、レインコートを引っかけてロビーに降りていったとき、もしフロントに誰かがいれば、きっと迷わずベッドのシーツの上の血痕のことを話していただろう。しかし、フロントが無人であるどころか、今やロビー全体の照明が消されて暗がりに鎖され、常夜灯のような小さなランプがあっちとこっちに二つほどぽつんと灯っただけになっている。官僚は、この安宿に着いて以来、ホテルのスタッフはもとより宿泊客の姿さえ一人も見かけていないことに改めて思い当たった。

回転扉が施錠されているのではないかという不安が頭を掠めたが、押してみるとそれは相変わらず軋みながらもちゃんと回ってくれた。ためらうような足取りで路上に降り立ち、困惑しきって左右を見た。もう真夜中と言ってもよいような時刻だった。細い通りには人っ子一人見当たらない。こうなったら、ともかく橋まで行くしかない。カレル橋からここまでずっと歩いてきたのだから、その行程を逆に辿り返しさえすればよいのだ。

たぶん二十分かそこらで行き着けるはずだと最初は考えていたのに、たちまち道に迷い、どちらに向かっているのかわからなくなってしまった。歩くほどにますます狭い道へと否応なしに入りこんでゆくようで、黒々とそそり立った建物が軀の両側から迫ってきて、心臓を圧迫されるような恐怖が軀の底にじんわりと広がってくる。何しろ国際的な観光都市のことだから、こんな時刻にこの旧市街を歩いている人も稀は稀だがまったくいないわけではなく、彼は行き会った通行人に二度ほど道を尋ねてみた。最初の若い男はチェコ訛りのひどい英語で確信ありげに、二度目は「チャールズ・ブリッジ」と言うとわかってくれたらしいアメリカ人の老夫婦の夫の方が自信無さげに、それぞれ道を教えてくれたが、どちらも役に立たなかった。

霧がかかりはじめていた。深夜の街を三十分歩いても四十分歩いても、どうしても目的地に行き着けない。ぐるぐる回って同じ通りに何度も何度も出てしまっているような気もする。タクシーを拾えれば話は簡単だが、流しのタクシーには絶えて行き会えない。いや、タクシーどころかそもそも車というもの自体が入ってこられないような小路から、いつまで経っても抜け出せない。石畳のでこぼこが革靴の底に当たって妙に歩きにくく、だんだん足が痛くなってきた。焦燥感に駆られはじめた官僚のポケットの中で携帯が鳴った。

――どうした、どこにいる、と詩人の声が言った。

――どこにいるのか、よくわからんな。ちょっと待て……。立ち止まった官僚は、建物の角に掲げられた表示プレートがたまたま目に入ったので、そこに記されている通りの名前を読み上げた。

——そんな通りは知らないな。

——もう遠くはないような気がするんだが……と官僚は心許なさを露わにした、幼い子供が途方に暮れたような声で言った。実際、もうカレル橋のすぐそばまで来ているような気がずっとしつづけている。それなのに見覚えのある通りに出ることが、いつまで経ってもできない。

——しかしなあ、おまえ、何だって……と、詩人がなじるように言った。14号室へ行けと、たしかにおれは……。

——あの鍵じゃあ、開かなかったんだよ、14号室は。あれはなあ、おまえの渡してよこしたあの鍵はなあ、41号室の鍵だった、と官僚は立ち止まって怒鳴った。突然、猛烈な怒りが込み上げてきた。

——あいつに、まんまとしてやられたか、と詩人は言った。

——あいつって、あいつか、と官僚が訊き返したのに、詩人はすぐに返事をせず、数秒黙りこんで、それから、

——おれは怖いよ、とぽつりと言った。さらに間を置いて、あいつは、あんたを怨んでる、とこれもまたぽつりと言った。ずっと怨んでいたんだな。これほどまでとは思わなかった。あんたのことを話さなきゃあ、よかった。フランクフルトに赴任中だと、つい……。怨むという言葉に胸を突かれた官僚は、

——怨むって、あんな昔のことをまだ根に持っているのか。そもそもプラハであいつ、何をしてるんだ。警察は辞めたらしいが……と、時間稼ぎをするような気分でのろのろと言いはじめてみたが、詩人がすぐそれを遮って、

——辞めてなんかいるもんか、と鋭く言った。あいつは今も昔も、公安の犬だよ。もっとも、近頃じゃあ、誰のために、どこの国のために働いている犬だかスパイだか、わかったもんじゃない。たぶん、もう当人にもわけがわからなくなっているんじゃないか。

——おまえがさっき言ってた、女とかってのは、何なんだ。あの血はその女の……その女が死んで……。

——いや、長い話なんだ。とにかく直接会って全部話す。もう切るぞ。後ろに待ってる奴がいる。これ、公衆電話なんだ。

——その女は死んだのか、どうなんだ、と官僚はもう一度強い調子で畳みかけたが、電

話はすでに切れていた。

官僚は携帯を右手に握り締めたまま歩きつづけた。何か水のにおいが鼻をつくような気がして、そちらに向かって角を曲がると、すぐ先は通りの両側の建物と建物の間にすかんと夜空が開けて、街灯で煌々と照明された突き当たりの通りにはヘッドライトを点けた自動車が行き交っているのが見えた。その向こうに川が流れているのだろう。あれはヴルタヴァ川沿いの車道だ。ようやくそこまで出て道の左右を見渡すと、めざす橋のありかはすぐにわかった。川岸の遊歩道を歩きながら官僚は川を見下ろしてみた。濃淡まだらの霧のかたまりが川面をゆっくりと浮遊し、その隙間から水位も速さもいちだんと増したように見える水の流れが、鈍い唸りを轟かせながらあちこちで白いしぶきを上げている。

カレル橋のたもとに着いてみると、通行止めの柵と看板には変わりがなかったが、さらに監視のためか屋根にくるくる回る青い灯をのせた大型バンが停まっていて、腕に腕章を巻いた警官らしき男が二人、その柵の脇に立っていた。そのうちの一人と一瞬目が合って、官僚はぎくりとしたが、素知らぬ顔を取り繕って視線を逸らし、所在無げにマルボロを一本出して火を点けてみた。しばらくすると二人はバンに乗って立ち去った。空気がひどく冷えこんできていることに今さらながら官僚は気づき、まだ火が点いている煙草を投げ捨て、レインコートの襟を合わせて腕組みをした。寒さしのぎにあたりをぐるぐる歩き回って軀を温めようとした。詩人の姿はない。やがて携帯が鳴り、官僚はもどかしさのあまり震える指で通話ボタンを押した。

――何してる、今どこにいる、という詩人の苛立った声が響いてくる。

――もう着いた。カレル橋にいるよ。

――いないじゃないか。

――いるよ。

――橋のどこだ。

――どこって、たもとだよ。そうおまえが言ったんじゃないか。

――妙だな……。そこから何が見える。

――いや、何か、塔みたいのが建っていて……ゴシックのアーチみたいになった、開口部があって……その向こう側から橋が始まっててさ……。

――プラハ城は。

――うん、対岸に見えるよ。霧に霞んでぼんやりとだが……。

――何だ、おまえ、そっちの、旧市街の側にいるのか。そっちじゃないんだ。そっち側からはおまえももう離れた方がいいぞ。何をぐずぐずしてるんだ、馬鹿だな。詩人の物言いは高飛車で、そこからはさっきまでの気弱さがあっさりと掻き消えている。こいつは昔からこうだったな、独りよがりで、酔っ払うと気分がくるくる変わる、と官僚の心になぜか今のこの状況にはまったくそぐわしくない懐かしさが込み上げてきた。

——馬鹿はないだろう。

——おれはカレル橋の、プラハ城の側のたもとにいる。そのまま渡ってきてくれ、と詩人が言った。

——え、だって、この橋は今は閉鎖中じゃないか。Bridge Closedという看板が……。

しかし、電波の加減か、携帯の音声は不意に途切れ、完全な沈黙が十秒ほども続いた。官僚は、もしもし、もしもしと呼びかけつづけたが何の応答もない。それから、かぼそい詩人の声が蘇ってきた。

——……が見える、その角で……地下鉄と市電のチケットの自動販売機があって……。

——いや、おい、カレル橋は通行止めだ。渡れないよ。

——通行止め？　何を馬鹿言ってる……。そっち側じゃない、橋の反対側……。いいかい、急いで渡ってきてくれ。おれはもう長くはここにはいられない……。

電話はいきなりまた無音状態になり、それが数秒続いて、それからぷつっと切れた。官僚は掛かってきた電話番号に掛け直そうとしたが、「非通知」という表示が出た。「これ、公衆電話なんだ」という詩人の先ほどの言葉が耳元に蘇ってきた。

官僚は、橋を直角に横切って遮断している虎柄模様の柵のすぐ前まで行き、前方にずっと伸びている橋の路面の続きに目を凝らした。それは五十メートルほど先で濃い霧に鎖されて、その先はもう見えなかった。視線を上にあげると、イリュミネーションで照明されたプラハ城が、街全体を、川を、橋を威圧するようにそそり立っているのが霧を透かしてぼんやり見えた。彼はそのまましばらく立ち尽くしていた。向こう岸まで渡ってこいとあいつは言う。たしかに、橋はある。長さは五百メートルほどだろうか。歩いていけばたちまち渡りきれるだろう。しかし、その橋は閉鎖されていて渡れない。

夕刻にここで待っていたときは、せっかく名所見物に来たのにという失望を声高に語り合ったり、未練がましくせめて柵の手前から橋とその先の対岸を写真に収めて自分を慰めたりしている観光客たちが右往左往していたものだが、今はもう人っ子一人おらず、背後の道路を時おり車が通過するだけだ。ボストンバッグをあの部屋に置いたままだ、という想念が不意に閃いた。どうしたらいい。取りに戻らなければなるまいな。今度こそフロント係がいたら、いったい何と言ったらいいのか。しかし、ひょっとしたらあの41号室に戻ってみたら、あのベッドには染み一つない真っ白なシーツが敷かれていて、すべては平穏無事な日常の中に戻っているなんてことはないだろうか。ないと言い切れるか。そのベッドでおれはぐっすり眠って、明日はプラハ城やら何やらを見物して呑気な一日を過ごすことになるんじゃないのか。ゴシックの聖ヴィート大聖堂、ロマネスクの聖イジー教会……。

この橋は閉鎖されているとしかおれの目には映らない。が、橋の向こう側のたもとにいる男の目にはどうやらそう映っていないらしい。では、どちらが正しいのか。たぶんそのどちらも正しくて、ただおれとあいつが同じ一つの世界に存在していないだけのことなのか。

いやむしろ、おれは、あいつなんじゃないか、という思念が官僚の頭に不意に閃いた。橋のこっち側と向こう側にいるという違いがあるだけで、おれとあいつは結局同じ一人の男なんじゃないか。いや、こっち側はあっち側で、あっち側もこっち側なんじゃないのか。電話を掛けてきたあいつはおれで、わけのわからぬ鍵をおれに託すために現われたあいつもおれで、その鍵を取り換えるために現われたあいつもおれで……。詩人と官僚と探偵と、三人の男がいたわけではなく、最初からたった一人しかいなかったんじゃないのか。此岸は彼岸で、彼岸は此岸で、この浮き世の全体は最初から、影のようなもの、幽霊のようなものがひしめいているだけの、そんな疎ましい、懐かしい異界なんじゃないのか。

橋の路面が対岸に向かって伸びてゆく先の方へ、官僚はまた瞳を凝らしてみた。だんだんと遠ざかって霧の中に消えてゆく舗石の連なりの間に溜まった水の表面が、あぶら混じりなのか、街灯の光を反射してきれいな玉虫色にきらきら輝いている。近づいてくる足音はまったく聞こえなかったのに、背後から誰かに肩を軽く叩かれるのを官僚は感じた。

ミステリオーソ

あ、モンク……。

セロニアス・モンクのピアノ・ソロ。『アローン・イン・サンフランシスコ』か……。さっき流れてたのがミンガスの『道化師』で、今度がこれか。いい選曲だなあ、このバーは。

いいかい、ちょっと注意して聞いていて。そのうちに「リメンバー」っていう名曲を弾き出すから。モンクのソロ・アルバムは四枚あって、これはその三番目のやつなんだ。最初の二枚、『ピアノ・ソロ』と『セロニアス・ヒムセルフ』というのは、内省的というのか自閉的というのか、静かで暗い。最後の『ソロ・モンク』は明るくて楽天的。真ん中にあるこの『アローン・イン・サンフランシスコ』にはその両面があって、魅力的と言えばこれがいちばん魅力的かもしれない。たしか一九五九年の録音だったと思う。

え、妙に詳しいんで驚いたかい？　ぼくがジャズの話をするとは思わなかったって？

いや、ジャズはとても好きなんだ。高校の頃の友だちに、コルトレーンに狂っていたやつがいてね、そいつに連れられて、ときどきジャズ喫茶に……いや、ジャズ喫茶なんてものがあった時代だよね。そこから始まって、いろいろ……。ニューヨークの〈ブルー・ノート〉にも何度も行ったし、シカゴのクラブで聞いたマッコイ・タイナーのトリオは凄かったなあ。

でもまあ、昔の話……。ぼくの生活から、ジャズはもとより、音楽そのものがすうっと遠ざかってしまって、ずいぶん経つ。今の音楽のことは何も知らないよ。音楽っていうのはやっぱり、心に余裕がないとね。一種の……魂の体験……そう、ちょっと大袈裟に言えば、魂との対話だからなあ、音楽を聞くっていうのは。作曲者や演奏者の魂とだけじゃない、自分自身の魂とも、しんみりと、心行くまで対話を交わす、贅沢な時間のことだから。ほら、ずっと生活に追われていただろ？　来る日も来る日も原稿を書いてさ、授業もやりながら……二十年、三十年と……。いったい何だったんだろうと思うよ。

ほら、これが「リメンバー」。小声でひっそり呟いているような、とてもシンプルな、美しい曲……。四拍子なのにちょっぴりワルツにも聞こえる不思議なリズム……。たしかモンクの作った曲じゃないはずだけど、これはもう「ザ・モンク」というか、モンクそのものだよ。この後の「リフレクションズ」という曲も凄くいいんだ。

いや、ジャズも、何でもかんでも聞いていたわけじゃない。やっぱりモンクは特別な存在だった。だって、名前がまず……「修道僧」だもんな。もうそれだけで素敵じゃないか。しかもミドル・ネームはスフィア、「球」だ。渾名じゃないんだよ、セロニアス・スフィア・モンクが本名。ドラッグ所持で逮捕されたり、演奏中に突然立ち上がってタップを踊り出したり、そんな奇矯なやつで、しかも名前が「修道僧」で「球体」で。冗談みたいな話だけど、名前にまず痺れてしまったというところがあるんだ。

それからもちろん、あの不協和音、あのつんのめるような変なリズム、あの不規則なコード進行、意想外の転調……。流派で言えばまあ「ビバップ」なんだろうけど、あんな「ビバップ」のピアニストって他には誰もいないよ。ぼくはバド・パウエルもとても好きなんだけど、モンクの方がずっと、何て言うか……まず、モンクって、ピアノが下手じゃないか。バド・パウエルはけっこう技術的に高度なピアニズムを駆使できる人で、そのことのつまらなさ……ね、わかるだろ？　いや、オスカー・ピーターソンがさ、モンクにはイマジネーションがあるけれど技術がそれについて行かないと言ったという話がある。笑っちゃうじゃないか。オスカー・ピーターソンって、テクニックは凄いけれどイマジネーション皆無、というジャズ・ピアニストの典型だもんな。

ただし、モンクだって、決してテクニックがないわけじゃない。たしかに鍵を叩いて出す音の数は少ないけれど、あのシンプルな野性味が彼のピアノの本領なんだから。独創的なイマジネーションを支えるのに必要不可欠な技術は、確実に持っていたピアニストだと思う。

え、お代わり……？　いやあ、モンクの話をしていると、つい、「ストレート、チェイサーは要らないよ」――なんて注文したくなっちゃうね。これも彼の曲の題名。でも、今日はウィスキーはあんまり……。ジン・トニックをもう一杯飲むかなあ。

え……モンクの演奏を実際に聞いたことがあるのかって？　そう……うん……何て言ったらいいのか。あると言えばあるんだけど……。いや、それだけじゃない、ぼくは実は、カウンターで、モンクの横に座ってお酒を飲んだこともあるんだよ。ね、凄いだろ……ただ……。

何か思わせぶりな言いかたになっちゃったな。そうか、きみにこの話はまだしたことなかったよね。そうだなあ、考えてみれば今まで、ほとんど誰にも喋ったことがないんだ。どうしてなんだろう。よくわからない。ちょっぴり恥ずかしく思っているからなんだろうな、きっと。実際、情けない振る舞いをしたんだ、ぼくは。

しかし、もう三十年以上も前の話だからなあ。フランス政府からお金を貰って、パリに留学してフランス文学の勉強をしていた頃で、たしかあれが起きたのは一九七七年の冬、十一月か十二月のことだったと思う。三十年どころじゃない、三十四年か……今になってみればもう、話しても話さなくても、どっちでもいいような、遠い遠いエピソードになってしまった。彼女もきっともうぼくのことなんか、覚えちゃいないだろうし。今頃、どうしてるのかなあ。このところシリアで起こっている大変な動乱の記事なんか、新聞で読むとね、ぼくはまだ、ちょっと気持が乱れて……。

うん、最初から話さないと何が何だかわからないよね。彼女というのはね、ぼくより一つ年上の、ダマスカス出身のシリア人の女の子で、サハルという名前だった。え……ぼく？　ぼくは二十二とか二十三だったわけだよね。何だか信じられないけど。バルザックについてのとても退屈なソルボンヌの授業に、べつに必修でもないのに、暇潰しで出ていて、彼女も出ていて、そこで知り合ったんだ。授業の後、たまたま教室に残っていた何人かでカフェに行ってお喋りするといったことが何回かあって、あの先生の講義はあんまり面白くないね、とか何とか……。クラスの連中の中でも、パリで暮らす外国人同士という境遇の共通性から、とくにサハルと何となく馬が合って、急速に仲良くなったんだと思う。フランス人の学生たちよりぼくらはちょっと年上だったしね。それで、その授業とは関係なく、大学食堂で待ち合わせて昼ごはんを食べたりするようになった。

ああ、凄く不思議な気がするけれど、あの頃はどうやって暇を潰すかがけっこう大問題だったんだ。そして、人生の重大事って必ず、そういうどうでもいいようなことの中から起こるんだろうな。逆に言えば、暇潰しなんかとはまったく縁がなくなってしまった今の生活では、もう人生の重大事など起こりようがないってことか。淋しいね。

サハルは小柄で、丸顔で、金髪をセシル・カットにしていて、そんな美人というわけではないけれど、すらりとした軀付きで、いやあ、ほんとに素敵な女の子だったんだよ。真っ白な肌で、綺麗な薄いブルーの眼にはとても知的な光を湛えていて。その眼がときどきいたずらっぽく輝くと、周りの人たちの気持も不意に浮き立ってくる、そんな不思議な温かみを持った女の子だった。サハルというのはアラビア系の名前だけど、人種的には、アルメニア人の血の濃い家柄なんだそうで。だから彼女はシリアでは少数派のキリスト教徒で、ヒジャブで髪を隠したりなんかもしていなかった。国籍上はシリア人だけど、自分では自分のことをSyrienneというよりむしろArménienneと感じていると言っていたな。ダマスカスからパリに着いてそんなに経っていないのに、フランス語はぼくなんかよりずっと上手に話した。子どもの頃から勉強していたそうで、たぶんあの国のかなりの上流階級の出だったんじゃないかなあ。物静かで、いつもちょっと恥ずかしそうにしているんだけど、その静かな口調でときどき案外辛辣なことを言うので、驚かされることがあった。まあ、それを言うならぼくもけっこう辛辣な方だから……あ、それはきみも知ってるよね。

あの頃のぼくは一途なシネフィルで、シャイヨー宮のシネマテークに通い詰める日々だったんだけれど、それでも芝居やコンサートやオペラにも多少は行くようになったのは、これはもうサハルのおかげ、彼女の感化によるものだった。いろんな場所に彼女が誘ってくれたんだ。今思えば、本当に有難いことで、そうじゃなかったら、視野の狭い映画マニアがさらに煮詰まったような変な男になって、パリから帰ってきただろうと思うよ。

たとえばぼくの世代で、カール・ベーム指揮の生演奏を聴いたことのある日本人はあんまりいないんじゃないかな。ベームが〈オペラ座〉で『魔笛』を振ったんだ。〈オペラ座〉って、もちろんガルニエの方だよ。バスチーユの〈オペラ座〉はまだなかった、そんな大昔の話だから。ベームはもう八十代半ばで、付き添いの人に脇の下を支えられて舞台の上によろよろと現われた。これはいったいどうなることかと不安になったけれど、背の高いスツールみたいなのに浅く腰掛けながらの指揮が始まったらもう、潑溂としてね。官能的というよりむしろ荘厳、厳粛なモーツァルト……。〈夜の女王〉は誰がやったんだったかなあ。キリ・テ・カナワだったかもしれない。いや、ぼくもサハルも興奮して、真夜中過ぎまでカフェで喋りつづけて……。

いや、〈カフェ・ド・ラ・ペ〉じゃないよ。ああいう有名な店は金回りのいい観光客が行くところで、高すぎてぼくらには入る勇気がなかった。オペラ座の真横のオーベール通りに面した〈カフェ・ド・ロペラ〉という小さな店がぼくらの行き付けで……。あ、〈カフェ・ド・ロペラ〉もいつの間にかなくなっちゃったんだ。

Saharという名前がぼくはとても好きだった。ほら、フランス語はhの字を発音しないじゃないか。だから、他の学生仲間と同じようにぼくも「サアル」みたいに呼んでいたんだけど、そうすると「サ」「ア」と、咽喉を開いて発音するaの音が二つ続くだろ。こういう母音連続はフランス語の音のシステムでは異例だから、まずそれが何だか面白い。で、その後、咽喉を引き締めるrの音で、きゅっと清潔に締め括られる。発音するのが何だか心地良いなあと感じる、そんな名前だったんだ。空気の中に溶けてゆくような名前……発音するたび、口の中を微風が吹き抜けてゆくような名前……。日本ではファースト・ネームを呼び合う習慣がないから、ちょっとつまらないね。「サハル」というのはたしかアラビア語で「曙」という意味だと聞いたような気がするけど、ぼくはアラビア語はわからないから……。

計算高いところがいっさいない女性だった。本当にピュアな人だった。男女を問わずそういう人間が世の中にどれほど稀か、あの頃のぼくはわからなかったんだな。人間って、結局、自分の身の丈相応でしか他人を判断できないんだよね。

ポルト・マイヨーの〈パレ・デ・コングレ〉でルドルフ・ヌレエフのバレエを見たのも、サハルとだった。いやあ、男盛りのヌレエフ、ほんとにかっこよかったんだよ。あのとき踊ったのは、えーと……『牧神の午後』じゃあない。たしか『眠れる森の美女』だったと思う。ヌレエフの『牧神の午後』も——一九一〇年代のニジンスキーの『牧神……』のちょっと卑猥な振り付けをそっくりそのまま再現して、それから舞台美術も何もまったく同じものにして、ヌレエフが〈オペラ座〉で踊った、あの有名な公演も、実はぼくは見ているんだ。でもあれはたしかサハルとじゃなくて、日本人の留学生仲間と一緒に行ったんだった。しかし、今になってみれば、そういうのをあの頃見ておいて本当によかったと思う。ヌレエフの舞台を実際に見たことがあるんだよって、今こうやって自慢できるんだから。え？　べつに自慢するほどのことでもない？

ヌレエフもエイズで死んじゃったんだよね、一九九〇年代の始めに。たしかジョルジュ・ドンがやっぱりエイズで死んだ、その翌年に。

ともかく、サハルはぼくの世界を広げてくれた。ぼくは彼女を映画に誘い、彼女はぼくをコンサートやダンス公演に誘ってくれた。でも、映画は、きっと彼女はあんまり好きじゃなかったんだと思う。キューブリックの『バリー・リンドン』を一緒に見たなあ。黒澤明の『デルス・ウザーラ』も……。サハルは「文芸大作」映画のようなものならまあ、見たいと言ってくれたんだけど、逆にそういうのはぼくの方が、あんまり……。ぼくは彼女に大いに影響され、感化されたんだけど、その逆はほとんどなかったと思う。〈コメディ・フランセーズ〉でのラシーヌやモリエールも、〈ブッフ・デュ・ノール〉劇場の前衛演劇も、みんなその面白さをサハルが教えてくれたものだ。彼女は音楽なら何でも好きだった。アラブの民族音楽のコンサートに連れていかれたこともある。

え……？　いやいや、そういうのは、残念ながら、なかったんだよ。恋愛……その一歩手前くらいまでは行っていたんだけど。実はそのことも、その後ずっと、情けなかったなあと思い、ちょっぴり後悔しつづけていることの一つなんだ。何しろぼくは若かったしねえ。そのうえ臆病で、引っ込み思案で……。そう言えば、そのヌレエフ公演のとき、ちょっとそんな雰囲気になったんだ。公演がはねてから手近なカフェでビールをお代わりしながら話しこんで、もうメトロの終電もなくなっていたしね。タクシーで彼女のアパルトマンまで送ってゆく途中、彼女もどうしようと迷って、上の空になっているのはわかっていた。タクシーの中で二人とも上の空になって、何かぎこちなくなって、話も途切れがちで……。

それで、タクシーがサハルのアパルトマンのある十五区の建物の前で停まったとき、ぼくはカアッと頭に血が昇っていたから、というのはつまり、猛烈に照れてしまっていたということなんだけど、ただ、“Bon alors, je t'appellerai... A bientôt!”（また電話するよ、じゃあね）とか何とか早口に言って、両頰にキスしただけで、彼女を降ろし、何か慌てたように、車のドアをそそくさと内側から閉めてしまった。まるで、早く別れて、独りになってほっとしたいというあからさまな意思表示みたいにさ。馬鹿だよねえ……。走り出したタクシーの中にはまだサハルの体臭と香水の残り香が漂っていて、それを嗅ぎながら、自分の頬を引っぱたいてやりたいような気持になったもんだ。ちょっと酒気を帯びた彼女の甘い息の香りも……。彼女だってがっかりしたかもしれない。いや、がっかりしたに決まってる……いやまあ、わからないけどさ……。情けない話だろ？　高校生じゃあるまいしねえ。え、可愛い？　何が可愛いもんか！

でも、ひょっとしたら、ぼくがそういう内気で不器用なやつだったからという、まさにその理由で、サハルは安心してぼくと付き合ってくれていたのかもしれない。パリは性的な緊張感が強い街だからなあ。とはいえ、これから話す事件が起きなかったら、ぼくらの間はどうなっていたかわからない。シリア人女性と結婚して、パリで日本語か何か教えながら暮らす人生なんてことに、ひょっとして、ひょっとしたら……。本当は、今こうしているより、そっちの方がよかったかもしれない、わからないけど。

「セロニアス・モンクの演奏を聴きたくない？」とサハルがカフェで言ったのは、さっき言ったように、一九七七年の十一月か十二月のことだった。「え、モンク？　モンクは好きだなあ。レコードを持ってるの？」と訊き返すと（むろんＣＤなんかない時代だよ）、

「レコードじゃないの、モンク本人。今、彼、パリにいるのよ」と彼女は言う。ぼくがちょっと驚いて、脇に置いていた肩掛け鞄から『パリスコープ』（スペクタクル関係の情報誌だよ）を取り出そうとすると、それを押しとどめ、「いいえ、コンサートじゃないの。彼、もうコンサートを開けるような状態じゃないらしいの。ただ、とにかく今、ムッシュー・モンクはパリに来ていて、気心の知れた知り合いだけで彼を囲んで集まろうという計画があるの。ちょっとしたパーティみたいなものね。その席上で、彼の気が向いたら……わからないんだけど、もし彼がその気になったら、ちょっとピアノを弾いてくれるかもしれないんですって。それをオーガナイズしている人があたしの知り合いで、誰か連れてきてもいいよって言うから……」

こんな素敵な話に飛びつかない手はないだろ？　それで、二つ返事で、もちろん行くよとぼくは答えた。

その集まりがあったのは、シャンゼリゼの北側の細い路をちょっと入ったところにある小さなクラブだった。貸し切り状態のその店に集まったのは、そう、せいぜい三十人かそこらだったかな。ぼくらはカルチエ・ラタンのいつものカフェで待ち合わせて、安いレストランでご飯を食べた後、〈サン・ミッシェル〉からメトロに乗り、〈シャトレ〉で乗り換えて〈ジョルジュ・サンク〉まで行き、そこから店まで歩いていった。その時分になるともう毎日そうだったけれど、その晩も物凄く寒くて、店に着くまで歩いていった途中の道では、二人とも革手袋をはめていた、その手をちょっとつないでみたりして、わりといい雰囲気だったんだよ。やっぱりヌレエフの晩に、それでも二人の距離が少しは近づいていたのかもしれない。

入り口にドア・マンが立っているような、小さいけれどけっこう高級なクラブだった。床にはふかふかのカーペットが敷いてあって、壁にはいちめん深紅のビロードが張り詰めてあって、革ジャンにスニーカーという恰好で入っていったぼくは、最初からちょっと臆してしまった。そもそもパリのそのあたりはあんまり馴染みのない界隈で、いや、もともとセーヌ左岸がぼくらのテリトリーだからねえ。右岸へ来ると、それもシャンゼリゼみたいなブルジョワの街へやって来ると、どうも緊張してしまうというか、気持の持ちようがちょっと変わってしまう。これは今でもそうなんだけど。

でも、中に入ってテーブルに落ち着いて、ワインなんか飲みはじめると気分も良くなって、けっこう楽しくなってきた。客の中には以前にサハルに紹介されたことのある彼女の友だちが何人もいて、挨拶しに寄ってきてくれた。みんなの服装もたいていはジャンパーとかセーターだったしね。たしかにサハルの同国人が多かったようだけど、フランス人だのアメリカ人だの、客の国籍はいろいろだったと思う。日本人はぼくだけだったみたいだ。

ぴったりした毛糸の帽子を頭に被り濃い色のサングラスを掛けたその黒人が、取り巻きめいた他の何人かの黒人と一緒に、そのクラブに現われたのは、もう午後十一時を回って、ぼくらがちょっとじりじりしはじめた頃だった。一同はざわっと色めき立って、小さな拍手も起きたけれど、ムッシュー・モンクが嫌がるからあまり騒ぎ立てないようにとあらかじめ言われていたので、みんな興奮を抑えて、それぞれの席で自分たちの会話を上の空で続けながら、彼のことをちらちら見ていたんだ。

しかし、そのムッシュー・モンクは最初から態度が相当変だった。そもそも、入り口から入ってテーブルにつくまでの足取り自体、何て言うか、二本の足が硬直した棒みたいな感じでね、まるでロボットみたいに、その棒をひょこたん、ひょこたんと交互に進めながら歩くんだよ。膝が曲がらないのかなあ、あれじゃあ腰掛けることもできないぞと思ってみていると、テーブルまで来たらけっこう簡単にどしんと椅子に座りこんだ。でもその後も、同席の人たちの会話にも加わらず、飲み物にも手をつけず、何を考えているのか、何か茫然と、背筋を伸ばして宙を見据えたままでいる。サングラスを取らないから、彼の瞳が何を見ているのかわからないんだけどね。そもそも、ただでさえ薄暗い店内で、あのサングラスを掛けたままじゃあ、何にも見えやしないだろう。もう泥酔しているのかもしれないとも思った。

さて、ここでちょっと言わなくちゃいけないことが……。肩透かしを喰わされたような気持にきみをさせちゃうかもしれないんだけど、ぼくにはその男が本当にあのセロニアス・モンク本人なのかどうか、百パーセントの確信があるわけじゃあ、実はないんだ。よく覚えているんだけど、彼が現われたとき、その集まりのオーガナイズをしたというサハルの知り合いのシリア人が、"Le voilà, enfin! Monsieur le Monk est là!" とか叫んで、それはまあ「さあ、とうとうモンクさんの登場です」といった意味だけど、彼は単にムッシュー・モンクとは言わず、ムッシュー・ル・モンクと言った。定冠詞付きの「ル・モンク」つまり、英語で言えば「ザ・モンク」だよね。

「あのモンク」「皆さんご存知の、かの偉大なるモンクその人」といった意味で言っているんだろうなあと、その瞬間には何となく思ったんだけれど、まあ、ちょっと変だよね。ちょっと変だなと思いながら、でもそんなに違和感を感じなかったのは、英語には普通名詞の「モンク」もあって、さっきも言ったように、ぼくはもともとそれとの関係で面白い名前だなあと思っていたからなんだろうな。「かの修道僧」「音楽一筋に、禁欲的に追求してやまない、あの極めつきの修道僧であるところのモンク」というニュアンスなのかなと、まあこっちの思いこみに引き付けて無意識のうちに納得してしまったという、そういう側面もあったんだ。

ただし、その一方で、人名に定冠詞を付けると、「まるで誰々みたいな人」「誰々の同類」といった意味になることもある。

ずいぶん後になって、かなり詳細なモンクの伝記が出たから、丹念に読んでみたんだけど、一九七七年冬とかそのあたりに彼がパリに滞在したという記述はどうしても見つけられなかった。演奏どころか、もう彼はほとんど人とも喋れないような状態で、ニュージャージー州の家に引き籠もって、ピアノにはいっさい触れない生活をしていたらしい。パトロン兼友人でもある何とかという人の家に寄寓して、というかその人が半病人のモンクを引き取るような形になっていてね。統合失調症だったとか、躁鬱病の治療で薬漬けになって、その薬害で脳がダメージを受けたとか、いろんな説があって結局よくわからないらしいんだけど。

それで、あの晩、シャンゼリゼのクラブにいたのは誰なのかな、という話になるんだ。あの頃、アンディ・ウォーホルのそっくりさんがパリの社交界を徘徊していたのは知ってるだろ？　え、知らない？　あのトレード・マークの銀髪の鬘を被って、あの眼鏡を掛けて、あの無表情で、パーティとか画廊の展覧会のオープニングとかに出てきては、もっともらしい英語訛りのフランス語をちょっと喋って、人を煙に巻く、妙な人物がいたんだ。偽者だってことは、むろん誰でも知っていたんだよ。ただのそっくりさんにすぎないことはわかったうえで、みんな面白がって放っておいたんだ。社交界の飾り物として、アトラクションとして、むしろ重宝されていたと言ってもいい。つまりは、「ル・ウォーホル」という名の、芸人みたいなものか。

では、あのムッシュー・ル・モンクはどうだったのか。いや、案外、本物だったのかもしれないよ。伝記作者がモンクの私生活の、ありとあらゆる日々の出来事を知り尽くしているはずもないからね。介護人兼取り巻きのような連中に付き添われて、ちょっとパリに遊びに来ていたということだって、ありえないわけでもないと思う。モンクってそんな特徴のある顔立ちではないし、終始、黒眼鏡を掛けたままだったし、結局、よくわからない。ただあの晩はそんな疑いなどまったく頭に浮かばず、ぼくもサハルも、それがあの

「伝説の巨人」セロニアス・モンクその人だとてっきり信じこんでいた。だから、深夜零時をずいぶん過ぎて、みんな半ば諦めかけた頃、彼がようやくピアノをちょっとだけ弾いてくれたとき、その演奏にはがっかりしてしまったんだ。

彼が唐突に立ち上がって、グランド・ピアノの方へあのぎくしゃくした足取りで歩み寄ったとき、それにすぐみんな気づいて、歓声と拍手が起こった。毛糸帽も黒眼鏡も取らないまま、彼はピアノの前に座ってしばらく茫然としていた。ぼくらは息を呑んで待った。やっと手を上げたが、その手がまだためらうように宙に止まったままさらに数瞬が過ぎ、それからようやく彼は弾きはじめた。指をアーチに丸めず、真っ直ぐ伸ばしたまま、鍵に叩きつけるように弾くスタイルは、話に聞いてた通りだった。彼が弾いたのは……そう、三曲……いや、むしろ二曲と半分か。

まずは「ブルー・モンク」だった。これはいわば彼のテーマ曲、彼のトレードマークだよね。だから、バックビートで弾かれるあの主旋律が始まったときは、凄い拍手が起きたよ。だが、演奏が進むにつれて徐々に、おや、これは……という気持にぼくらはなっていった。つまり、ざっくり言ってしまえば……単に下手、な感じ。とにかくリズムが乱れる。だがそれは、「規則的」と「不規則的」の境い目で、やんちゃに、挑発的に遊び戯れる、あのモンク流のスリリングな破調、乱調とは、どこか決定的に違う。演奏者の体内で、正しいリズムが刻まれていないという感じがあからさまに伝わってくる。音も外す。テーマの変奏の仕方に想像力が感じられない。

一応、終って、それでもけっこう熱の籠もった拍手が起きた。身体的にかメンタル的にかわからないけれど、とにかく彼の調子が悪いという話はみんな聞いていたし、弾き始めでまだ気分が乗らないのだろうとも思い、われわれとしてはあくまで好意的に、励まそうとしたわけだ。いや年齢だって、日本流に言えば還暦か、それに近かったわけだしねえ。今の彼に多くを求めても無駄だと、みんな最初から半ば諦めていたんだ。

次に彼は、「センチになって」を弾いた。弾こうとした。トミー・ドーシー楽団のオープニング・テーマとして知られているあの有名なスタンダード・ナンバーだけど、これもちろんモンクの年来のレパートリーの一つ。ところがこれが、もっと悪かった、というかひどかった。一分も経たないうちに指がもつれて、音がぐちゃぐちゃになり、何が何だかわからなくなって、手が止まってしまった。ぼくとサハルは目を見合わせた。ヘイ！という励ますような、からかうような声も飛んだけれど、ぼくも含めて大部分の聴衆は、何かとても深刻なことが起きているような気がして、ちょっとしたパニック状態に陥っていたと思う。拍手も起こらず、妙な緊張感の漲る、嫌な感じの沈黙が下りた。

それが十秒かそこら続いたかな。ムッシュー・モンクはおもむろに手を伸ばして、新しい曲を弾きはじめた。そして、みんながほっとしたことに、これがまずまずの出来栄えだったんだ。「ミステリオーソ」。モンクの傑作の一つで、彼の天才がこれほど輝きわたっている曲もない。聞いたことある？　セロニアス・モンク・カルテットのあのCD、このバーにはないのかな……。「ミステリオーソ」は「神秘的に」という意味のイタリア語で、演奏の仕方を指定する音楽用語の一つだけど、それをタイトル自体にしている曲……。あのわくわくするような、本当にミステリアスな主旋律……。後年、クロノス・カルテットが弦楽器だけの洒落た演奏でカバーしたりしているんだよ。

これは本当は、ソロで弾くにはあまりふさわしくない曲だと思う。せめてベースかドラムか、あるいはその両方か、とにかく何かリズムを刻んでくれる楽器と一緒じゃないと、あの曲想がうまく生かせないような気がする。しかし、ムッシュー・モンクはあの晩、ピアノ・ソロで、「ミステリオーソ」をとても上手に弾いてみせた。途中のインプロヴィゼーションの部分も、あまり長くはやらなかったけれど、けっこうお洒落だったし、スウィング感もあった。そこからうまくフィニッシュに持っていって、最初のテーマに戻り、着実にまとめて締め括ってみせた。もちろん、盛大な拍手喝采さ。すばらしい演奏とまでは言えないにせよ、なかなか上出来ではあった。彼が恥をかかなくて、というか彼に恥をかかせなくて済んで、ほんとに良かったなあという、安堵感がみんなにあったんだろうなあ。

彼は立ち上がり、ちょっと頷いてみせただけで、すぐ自分の席に、またあのロボットみたいな足取りで帰っていった。アンコールをねだる声も少しは上がったけれど、何か暗黙の了解で、そういう声はすぐにしぼんで消えた。もうこれ以上は無理だということは誰の目にも明らかだったからね。

主目的のイベントが終ったから、本当はぼくらはそれで帰ってしまっても良かったんだ。実際、そこで帰っていたら、どんなにか良かっただろうと思う。ただ、シャンゼリゼのこんなナイト・スポットに来るのは滅多にないことだったし、そのうえ、何しろ、モンクの生演奏を聞いた、という興奮が収まらなかったしね。それに加えて、すぐそこのテーブルにモンクその人が座っているんだから、ちょっと言葉くらい交わしてみたいという気持が、ぼくにもサハルにもあったんだと思う。それからさらに、さあ、一時間くらいはワインを飲みつづけていただろうか。その間、サハルの友だちが入れ代わり立ち代わりぼくらのテーブルに立ち寄っては、ちょっと話しこんですぐ去っていったりしていた。

ふと気づいてあたりを見回すと、もうお開きという雰囲気になりかけていて、客も三分の二か半分くらいになっていた。帰り仕度を始めているカップルも目につく。そろそろ行こうかとサハルに言おうとしたとき、少し頬を上気させた彼女が、ほらと指さしてみせた。そっちに目を遣ると、いつの間にかムッシュー・モンクがバー・カウンターに移っていて、そして、何ということ！　彼の右隣りの席が三つくらいがらんと空いているじゃないか！

ぼくとサハルは目配せし合って、むろん、チャンスとばかりに彼のそばに寄っていったさ。おずおずと挨拶して、すばらしい、ほんとに魅力的な演奏でしたとか何とか社交辞令を言ったんだと思う。ムッシュー・モンクは相変わらず茫然自失といった様子だったんだけど、サンキューと小声で言って、隣りのスツールを示すようなかすかな身振りをしてみせた。これは間違いなく誘いの身振りだった。そこで、彼の隣りにサハル、そのさらに隣りにぼくが座って、ウィスキーを飲みながらしばらく喋った。と言っても、喋ったのは主にサハルだったかな。彼女は英語も物凄く上手いということがそのとき初めてわかった。あんまりよく覚えていないんだけど、ぼくもまあ、下手糞な英語で、高校生の頃からファンでしたとか、『アローン・イン・サンフランシスコ』はLPが擦り切れるくらい聴きましたとか何とか、一生懸命言ったはずだ。『アンダーグラウンド』のカバージャケットの何というかっこよさ、などとも口走ったんじゃないかな。彼はサンキューと繰り返す以外、ほとんど喋らなかった。満足そうな様子だったけれど、あのときもそう思ったし、今でも思うのは、ひょっとしたらぼくらの言葉がほとんど耳に入っていなかったんじゃないかということだ。それでも、パリはどうですかと訊いたら、“beautiful city…”とぽつりと呟いたことを覚えている。

そのとき、そのちょっとちぐはぐに続いていた会話を不意に断ち切る事件が起きた。サハルとぼくの間にいきなりアラブ人の男が割りこんできたんだよ。それまでは店内にいなかったはずで、きっとクラブに到着するや否やこっちにずかずか歩み寄ってきたんだと思う。彼はムッシュー・モンクには何の注意も払わず、硬直したように立ったまま、いきなりサハルにアラビア語で何か食ってかかった。背の高い若者で、灰色のスーツを着ていた、でもネクタイは締めていなかったということ以外、彼については何も覚えていない。ぼくも大柄な方だけど、ぼくと背の高さは同じくらいで、ただそいつの方がずっと筋肉質でがっしりしていたな。顔立ちなんかはまったく記憶にない。

ただ、何かにとても腹を立てていて、サハルに向かって喧嘩を吹っかけるようにまくし立てている。サハルが鋭い口調で言い返すと、男はいよいよ激昂してやり返す。ぼくはアラビア語はひとこともわからないから、傍らで呆然としているだけ……。隙があったら二人の間に割って入ろうとしたんだと思う、無意識のうちに立ち上がり、サハルの席の背後に回って、そこで途方に暮れていた。二人の言い争いが切れ目なしに続いて、隙も何もありゃしないんだから。

そのうちに、男がサハルの頬に平手打ちを喰わせた。それも、三発だよ。一発、二発と張って、サハルが何か叫ぶと、もっと強いやつをもう一発張った。彼女の頬が赤くなって、唇の端に血が滲むのが見えた……。

次の瞬間、ムッシュー・モンクの腕がすばやく動くのが視界を掠めたかと思うと、男の軀がどんと吹っ飛んで、ぼくにぶつかってきた。男とぼくは重なり合うように床に倒れた。ムッシュー・モンクが男の顔にフックを打ちこんだんだ。きれいに決まった凄いフックだった。ぼくはすぐに立ち上がったけれど、男は頬を押さえて寝転がったまま、しばらく起き上がれなかったからな。

恥ずかしいっていうのは、この瞬間のことなんだ。ぼくはただ、ぼうっと突っ立っていただけ。そいつを殴るべきだったのは、ぼくだろ？　ぼくがサハルをエスコートしていたんだから。その彼女に暴力が揮われた。サハルとその男との諍いに、ぼくの存在がどれほどの関係を持っていたのかはわからない。彼は最初から最後まで、サハルのすぐ隣りにいたぼくには背を向けて、ぼくの顔には絶対に視線を投げようとせず、その頑なな無視の態度は何かとても不自然な感じだった。だって、ぼくが立ち上がって、二人の間に介入しようとする身振りを何度も示していたのが、目に入っていないはずはなかったからね。しかも、「ヤパーニ」というような単語が、男の唇に何度ものぼっているのは耳に入っていた。

ぼくがそいつをぶん殴るべきだった。内気で引っ込み思案というのは、やっぱり美点でも何でもないんだってことを、そのときつくづく思い知らされたよ。ぼくは別に彼女の本当の恋人ってわけじゃないんだし……といった遠慮が災いして、当然やるべきことをやらなかった。いや、ただの遠慮じゃないな。厄介事に巻きこまれずに済んだらめっけもの、といった卑怯者の心理が働いていなかったとは言い切れないから。遠慮を口実に、その蔭に隠れて、サハルを護るために行動しなかった、できなかった、情けない卑怯者だったんだ、ぼくは。だって、何度も言うけど、恋人だろうとそうじゃなかろうと、そのソワレで彼女をエスコートしていたのはぼくなんだからね。

代わりに行動したのが、ムッシュー・モンクだか、ムッシュー・ル・モンクだか、とにかくその鬱状態の黒人のアメリカ人だったということ。いや、めめしい弁解になるけれど、彼の手が出るのが二、三秒遅れたら、ぼくだって、そいつの胸ぐらを摑んで突き飛ばすくらいのことはしていたかもしれないんだよ。いや、していたと思うよ、ほんとに。ただ、その二、三秒の余裕がぼくには許されなかった。二、三秒の余裕すらなく、一瞬のうちに人生の分かれ道を通過してしまうということが、あるんだなあ。ムッシュー・モンクはやっぱり凄いやつだった。あの即座のフックは見事だった。床に倒れてしまったぼくがアラブ人の軀を押しのけて立ち上がると、彼はカウンター席に座ったままもう真っ直ぐ前を向いて、こっちには目もくれず、ウィスキーを啜っていたよ。何事もなかったみたいに、平然として。

ぼくは混乱して、どうしていいかわからなかった。サハルも動揺していたけど、とにかくあなたは帰ってくれと繰り返し言う。"Tu dois partir. Rassure-toi, je suis bien. Pars! Pars!"——自分は大丈夫だから、とにかくあなたはもう行った方がいいってね。

そして……ぼくの情けなさは、その後のぼくの行動でもう、完璧なものになってしまった。おとなしく、彼女に言われるがまま、独りで、そのままクラブを立ち去ってしまったんだよ。やっぱり、面倒事に関わり合いになりたくない、どんな責任も負いたくないという、あさましい保身の配慮があったんだろうなあ。ほんとに、信じられない……何という馬鹿者で、卑怯者だったんだ、ぼくは。これはもう、可愛いとか何とかいう次元の話じゃないだろ。

あの妙なおっさんは、やっぱり本物のセロニアス・モンクだったとぼくは思っているよ。いや、とにかくそう信じたいと、ずっと思いつづけてきた。ジャズの巨人、孤高の天才ピアニストが、ぼくの人生の外縁を、かすかに、ほんのちょっとだけ掠めて過ぎた、或る夜の出来事……。というわけで、この話はこれで終り。

いや、ほんとに終りなんだ。この話のいちばん肝心な部分は、あの決定的な瞬間に、ぼくがでくのぼうみたいに突っ立っていただけだったという、その一事に尽きるんだよ。人は人生の分かれ道を一瞬のうちに通り過ぎてしまう、というのが、その教訓。突っ立っていただけじゃない、ムッシュー・モンクに殴られて吹っ飛んだそのチンピラ男にぶつかられて、ぼく自身も一緒に床に転がってしまったんだからなあ。ああ、何という醜態……。

後日談……？　それはいろいろあったんだけど、もういいだろ？　翌日、サハルが電話してきて、途中で泣き出しちゃって、ただ「ごめんなさい」と繰り返すばかりで……。その後も何度もデートはしたんだよ。コンサートやら食事やら……。でも、彼女はもう、ぼくとは友だち以上の関係になるまいとはっきり心を決めたみたいだった。そのことがはっきり伝わってくるくらいには、ぼくと彼女は親しくなっていたんだ。彼女がその事件にはひとことも触れないので、ぼくも触れにくくて……。

そのうちに、東京の病院で闘病中だった父がいよいよ余命三ヵ月とかになって、ぼくはパリ生活を畳んで帰国する決心をした。もうフランス政府からの給費もとっくに切れていたしね。出発の前々日、彼女と最後のデートをした。真夜中、セーヌの河岸を長いこと歩いて……。そのとき初めて、ムッシュー・モンクに殴られたあの男が、サハルにとってどういう存在だったかということも詳しく聞いた。いろんなことを話して、初めて率直な気持をぶつけ合って……それから……。でも、もういいよ、それはまた別の話だから。もう遅すぎたんだ、決定的にね。

最後の二日間はほぼずっとサハルと一緒にいた。彼女はシャルル・ド・ゴール空港までぼくを見送りにきてくれた。国際線の搭乗口で別れたのが、ぼくの見た彼女の最後の姿だ。いろんな約束……いろんな期待……いろんな計画……。でもそれも、パリと東京に別れて暮らすうちにだんだん蜃気楼みたいなものになっていってしまった。スカイプのテレビ電話なんて、ＳＦの世界というか、夢のまた夢みたいなものだった時代だからなあ。国際電話も一分何百円とか、物凄く高価でね。手紙のやり取りがしだいしだいに間遠になって……。

ぼくは博士論文を完成させるために八〇年にもう一度パリへ行って、一年半くらい暮らしたんだけど、そのときはもうサハルはシリアに帰った後だった。いやその前からもう、とっくに音信不通になっていたんだ。ダマスカスの住所宛てに送った手紙も、何ヵ月も経ってから宛先人不明で返送されてきてね。未練がましく、パリでサハルが住んでいたアパルトマンを訪ねて、管理人に彼女の連絡先を訊いたりしてみたけど、知らないという素っ気ない返事しか返ってこなかった。彼女の友だちも、いなくなっていたり連絡先がわからなかったりで……。

セロニアス・モンクが脳梗塞で死んだという新聞記事を、ぼくは日本の実家で読んだ。一九八二年の二月だったと思う。どうして覚えているかというと、家を出て独り暮らしを始めようかどうしようか、迷いに迷っている時期だったから。そのほんの数行の死亡記事を読んだ瞬間、やっぱり家を出ようと決めたんだ。どういう関係があるのかって？　それはね……それはまた別の話で……。人は人生の分かれ道をほんの一瞬で通り過ぎてしまうってこと……。あれよあれよという間に押し流されていくんじゃなくて、その一瞬を確実に摑まえて、どっちの道を行くのか、自分ではっきりと決めなくちゃね……。あの凄い、鮮やかなフック……。同じ過ちを、二度繰り返すわけにはいかないだろ。

ああ、もう、今夜は飲み過ぎて、頭がうまく働かない。今度ゆっくり話すよ。しかし、大変だった……一九八二年はぼくにとって大変な年だった……。四月から文京区白山のアパートで暮らしはじめて……。引っ越し早々、〈ぴあフィルムフェスティバル〉で来日したフランソワ・トリュフォーの通訳をしたんだった。音楽をほとんど聴かなくなったのは、少なくともコンサートなんかにいっさい行かなくなったのは、あの頃からだよ。どう潰そうかと悩む暇なんて、それ以来、もう金輪際……。十月になって大学の助手に採用してもらって、少し楽になったけれど、それはそれでまた、いろいろ……。

けっこう酔っちゃったなあ。もうそろそろ帰らないと。この近くでタクシーは拾えるのかな？ ジン・トニックっていうのは、人間が発明したいちばん美味い飲み物の一つだと思う。そう思わない？

しかし……しかし、ねえ、いったい何だったんだろう、この歳月……この三十数年、いや、五十数年……。高校生のときから聴きはじめたモンクのピアノ曲の響きの中に、何もかも全部、最初からあったのかもしれないな……。あの妙ちきりんなリズムと、不協和音と、瞑想的な旋律の中に……。そこに何もかもが潜在的に含まれていて、後はただそれがゆっくりとゆっくりと、長い歳月の中で展開され、実現されていっただけなのかも……。Blue Monk……April in Paris……There's Danger in Your Eyes, Cherie……Everything Happens to Me……I'm Getting Sentimental over You……Straight, No Chaser……Remember……Reflections……Misterioso……記憶っていうのは、人生の時間っていうのは、何なんだろう、何だったんだろうなあ。These Foolish Things……Remember……Misterioso……

水杙

一昨年のこと、定年を待たずに仕事を辞めて、それ以降、軀(からだ)の衰えに鬱々としないではないが、それでも空気は相変わらず甘くせつない。自由という蜜のような言葉は剣呑な罠をはらんでもいて、この世の生は何もかも無意味だという思いがつのるほどに、空気はますます甘く哀しくやるせない。陽光の粒子がひと粒ひと粒輝いているようなその空気にゆるゆると溶け入って、子どもに戻り、胎児に戻り、ひと組の精子と卵子の結合体に戻り、最後にはふっと消えてなくなってしまいたい。たとえ自分が消えてなくなっても、ひょっとしたらこの輝きだけは消えないのでは、といったわけのわからぬ妄念も、取り憑いて離れない。そこまで行き着いてもなお輝きつづけているものとは、あるいは無意味という名の、この観念それ自体なのか。

それと、心拍がとうとう止まって、全身の細胞のことごとくが崩れて壊れて、温かく湿った土中に溶け入って、無数の菌や原虫のはたらきで分解し尽くされ、かくして闇のなかで無に帰してゆくのと、どちらが心地良いだろう。いずれにせよ甘美と剣呑は紙一重なのだとつくづく思う。

男は食道癌の手術の予後が思わしくなく、同僚にこれ以上迷惑をかけたくなくて辞職したのだったが、軀こそ徐々に確実に衰えてゆくものの、しかしその衰えと比例するように意識がますます強く澄みわたってゆく感覚はむしろ爽快だった。こんなことなら、出張やら何やら軀を使うことだけは勘弁してもらい、事務を執るだけという閑職に回してもらえば、ほそぼそとながら勤めを続けることもできたかと、多少後悔しないでもなかった。こんな病気に罹るなどとは思ってもいなかった頃、老いの予感に、なし崩しに進行する曖昧な頽廃を感じ、それと無力に狎れ合い、半ば諦めていたのと比べれば、意識は格段に鮮明に、また鋭敏になっている。近頃はもう妙な物忘れもしない。

それが自由ということなのだろうか。退職後、男はイタリア南部のアドリア海に近いオストゥーニという小さな町へ行って、何ヵ月か過ごした。商社勤務の頃、南欧の農業や牧畜を担当する部署にいて、プーリア地方には何度も行ったことがあり、ギリシア文化の遺構が残っているこのあたりの風土にはけっこう土地鑑があった。しかしオストゥーニに足が止まったのは偶然にすぎない。

この決して目立って人目を惹くことのない小さな宝石のような町の、旧市街の迷路はどこからどこまでひたすら白い。石もまた意外に甘く優しいのだと男はしみじみ感得した。朝晩二食付きのペンションに居を定め、昼間は市立図書館でイタリア語や英語の歴史書などを漫然と眺めて時間を潰し、夜は酒場でぼんやりと、ここでもやはり時間を潰す。時間はもはや、使うものではなく潰すものだった。今ここに在ることに倦怠するなどというのは、まだまだ時間が潰すものではなく使うものだという羨むべき境涯にある人間の贅沢にすぎない。さすがに痛飲するのだけは控えたが、街路のテラスに腰を落ち着け、生温かい夜風に顔をなぶられながら、このあたりの土地の産の濃厚なワイン一杯を前に、生をのどかに満喫している町の人々が、深夜までぞろぞろ行き交うのを眺めているのは飽きなかった。そのうちに、一緒にダートゲームをやるような友だちもできた。

数ヵ月経つともっと大きな都会が恋しくなり、ブリンディジ、レッチェ、それからナポリと短い期間渡り歩いたが、何だか憑き物が落ちたような気分になり、また、季節が初夏に入って南イタリアの苛烈な陽光に辟易しはじめたこともあって、男はまた何となく東京に帰ってきた。

　神楽坂の古家に帰ってくると東京は梅雨の真っ只中で雨ばかり降りつづいていた。小ぬか雨のそぼ降る初夏の日本の空気も、それはそれで甘くせつないものだ。神楽坂もずいぶん変わった。田原屋が閉店してしまって以降、男にはもうここは見知らぬ街のように思われてならなかった。近頃このあたりに、小洒落たフランス料理屋やイタリア料理屋がどんどん増えて若者たちの往来が繁くなり、街の空気が賑々しくなってきたのは良いことなのだろう。が、もうここは、男が子どもの頃から知っていた、薄暗い華やぎが小ぬか雨に降り籠められるようにひたひたとにおっていた、あの静かな花街ではなかった。もう男とは無縁の街であり無縁の坂だった。

　その見知らぬ坂を傘をさしてゆるゆると下りながら、俺がまだ自由でないとすればそれはこの軀からだけだろうか、といった想念を、男は何とはなしに追っていた。明日からまた検査入院の予定になっていた。甘い蜜であり同時にまた剣呑な罠でもあるのは、この病んだ肉体そのものなのか。外国にいるのも日本にいるのももう同じことで、つまりどこへ身を置こうがそこは見知らぬ場所で、それというのも俺のこの軀そのものが、俺自身にとって見知らぬ場所だからなのだ、と男は思う。そこに棲みついて五十何年にもなるのに、結局俺は俺自身の軀にとって、いつまで経っても一見（いちげん）さんのままなのだ、お馴染みさんにはなれなかったのだ。そうはっきりと思い知るということ自体を自由と呼ぶなら、男は今や自分自身の肉体からさえ、自由なのかもしれなかった。

　仕事が終って街に繰り出そうという男女が増えはじめる時刻だった。男の歩きようにどこか覚束ないところがあるのか、男の傘には正面から迫ってくる傘がぶつかり、後ろから追い抜いてゆく傘もぶつかり、そのつど神経がかすかにささくれ立つ。自分と無縁の土地でうまく歩くのはやはり難しい。それにしても、イタリアのどんな町でもそうであるようにオストゥーニの小さな広場や細い路地にも、毎夜人々が溢れ出し、その賑わいにはこれよりもっと稠密なものがあったのに、こんなふうに互いが互いの邪魔をし合っているような、苛立たしい身体の接触や衝突があったという記憶はない。むしろ疎ましいほどに密だったあの人間臭さがここにはない。

　前から後ろから傘が通り過ぎ、その中をぐいと無遠慮に覗きこめば、そこにある顔はただ素っ気なく視線を逸らす。なぜこれらの顔は、自分を自分のうちに暗くけわしく鎖（とざ）しているか、そうでなければ神経質な演技ともつかぬ上ずったはしゃぎようを自他に誇示しているか、そのどちらかでしかないのだろうと男は訝った。オストゥーニの町を真夜中過ぎまでぞろぞろ無意味に歩き回っていた、家族連れや友だち同士や恋人同士のような、いま現在の自身の生に自足している者の明るい穏やかな放心を、この人々の顔がたたえていないのはいったいなぜなのか。それもしかし、どうでもいいことだった。男とは無縁のことだった。

ズボンの裾あたりに何かが軽く触れた感触があり、見下ろすと首輪も引き綱も付けていない小柄な黒い日本犬が、お尻のあたりを男の足にこすりつけながら、男の目をじっと見上げている。たしか甲斐犬とか言うのではなかったか。それが妙に親しげに男の足元にすり寄ってきて尻尾を振っている。

飼い主が近くにいるのかとあたりを見回しても、それらしい人の姿はない。近所の店で飼われている犬が人目をすり抜け、勝手に歩道にさまよい出てきたのだろうか。立ち止まって足元を見下ろしていると、雑踏の中で男と犬はもはやかさばった異物以外の何ものでもなくなり、前から後ろから傘がぶつかって、通りすがりに舌打ちを投げてゆく者もあるような気がするが、これはしかし被害妄想から来た空耳かもしれない。男は傘を畳んで地面に蹲った。目の高さが同じになった人間を、犬はそう簡単に嚙んだりはしない。

男は犬の頭にそっと片手を乗せた。一瞬お座りの姿勢になった犬は、すぐ立ち上がって身を翻し、坂の下に向かって早足で歩き出した。畳んだままの傘を手に、何となく犬の後を追うような気分になって歩き出すと、もう雑踏も消え繁華街の賑わいも消え、そこはすでにゆるやかに下る薄（すすき）の原で、自由と無意味が形をとるとしたらこんなふうでしかありえない、そんな風景が広がっている。何でも起こるのだと男は思った。

もう神楽坂もないし、会社の退（ひ）け時の歩道の雑踏もないが、ただ雨は相変わらず降り続いていて、男の髪や肩がたちまち濡れそぼってゆく。男は傘を投げ棄てた。薄の穂が水を含んで重く垂れている。男の胸のあたりまで伸びたその茂みをかき分けかき分け、傾斜を下ってゆくと、下りきったところは枯れかけた短い草がいちめんに広がる仄暗い原だった。ひと足先に薄の茂みから飛び出した犬が、嬉しそうに飛び跳ねつつ、右に左に蛇行しながらその原っぱを駆けてゆく。

ここには以前たしかに来たことがあると男は思った。が、それがいつだったのかはわからない。この懐かしさには仄かに血の味がして、それもまた甘く哀しくやるせない。誰もいないし何もない。音もない。動くものの影が視界の上端をちらりと掠めたような気がしたので、見上げると、空の高いところを鳥が一羽、飛び去ってゆくのが見えた。鳥のようにも見えたが、何の鳥かはよくわからない。鳴き声は聞こえなかった。

もう少し行くと水が見えてきた。静まりかえった昏い水。水際まではなかなか行き着けないが、黒い犬が先に独りで突進していってそれに飛びこみ、水しぶきが上がるのが遠く小さく見える。犬はすぐさま岸に跳ね戻り、身震いをして軀の雫を切っている。男のところへびしょ濡れになって駆け戻ってくると、ひと通り気が済んだように、それからはもう男の傍らにぴったりついて歩いた。男の顔を見上げながら、足元の定まらない、どこかふわふわした彼の歩調に合わせて、強いてゆっくりと歩こうとしているような犬の気遣いが、不憫だった。

ようやく水際に出た。暗い水面がとぷりとぷりと揺れ、彼方は霧に鎖されて眼を凝らしてもまったく見通せない。流れらしい流れは目につかないし、打ち寄せる波もなく潮の香も漂ってこない。だとすればどうやら川でも海でもなくて、湖か池か沼かと男は思った。しかし、わからない。ただ水がある。その先は霧に霞んでいる。その手前に、水中から突き出した水杙(みずぐい)の列がある。

またここに出たのかと男は思った。水際から数メートルほどのところに立ち並ぶ黒々とした杙の列。水面から五、六十センチほどの高さに突き出した水杙が、三十センチほどの間隔を空けて横一列に並んでいる。どれほどの長さにわたって並んでいるのかわからない。右を見ても左を見ても、水杙の列はどこまでも続き、その果てはこれもやはり霧に曖昧模糊と霞んでいるが、その果てというのが、どれほどの遠さなのか、近さなのかもわからない。右の方向にずっと視線を投げると岸辺がかすかに彎曲し、陸地が水の方へゆるやかにせり出しているようだが、そんな気がするだけかもしれない。

こんな杙を打ってあるということは、ここにもやはり大きな波が打ち寄せてくることがあって、その勢いをやわらげようということか。よほど古い工事なのか、どの杙も風雨にさらされ傷みほうだいに傷んで、あちこち剝落しささくれ立ち、中には途中からぽっきり折れているものもある。そんな黒々とした水杙の列が男の前に立ちはだかっているのは、男の行く手を遮るためなのか、押し寄せてくる何かから男を護るためなのか。それとも男を誘うためなのか。しかし誘うと言っても、いったい何へ向かって。この水際までおびき出しただけでは、まだ足りないのだろうか。空気の中に溶けてゆくか、土の中で腐ってゆくか、そんな想いに取り憑かれていたのだった。しかし、結局、そんな二者択一は、見せかけだけの虚構にすぎなかったのだ。

——見せかけだけだよ、嘘っぱちだよ。

くぐもった響きの言葉が内か外かで鳴って、それが自分の口から洩れたのだと気づくのが一拍遅れ、男は当惑した。孤独な暮らしの中で、知らず知らず奇矯な振る舞いをしているかもしれないが、いや、きっとしているのだろうが、独り言を言う癖だけは男にはない。なかったはずだと思う。妙なことが起きるものだ。自分のものとは思えないその声の響きは、剣呑でもなく甘美でもなかった。ただ疎ましかった。

そう言えば、say to oneself という英語の言い回しがあった。言葉を自分自身に向かって発する。あの oneself というのはいったい誰のことなのか。それは自分自身からいちばん遠い他人のことにほかなるまい。が、だとしたら、言葉を発する側の俺自身だって、他人そのものでないと誰に言える。結局、俺自身というものはないのだと男は思い、仄温かな気持になって俯いた。おのずから足元を見る形になる。スニーカーを履いていたはずなのに、いつの間にかはだしになっている。もうジーンズも穿いていない。すっかり肉の落ちた脛と腿の、艶のない白っぽい皮膚が剝き出しになっている。だらりと垂れたペニス。シャツも上着もどこかへ消えていて、男は素裸だった。自由。

思いきって、水のなかに無造作に、じゃぶじゃぶと入っていってみる。はだしの蹠(あしのうら)に水底の角張った砂利が当たって痛い。濁った水をざぶりざぶりと撥ね散らしながら歩を進め、撥ね飛んだ水しぶきが、雨粒と区別のつかないものになって水面に落ち、大小の波紋を広げてゆくさまに眼を凝らす。水の上に広がる波紋ほど美しいものはない、と男はつねづね考えていた。水杙に近づいて、その一本のてっぺんを摑んで揺すってみると、それは呆気なく折れた。ぽっきり折れるというより、芯まで腐っていた木がほろほろと崩れるように欠けて落ちる。急に心細くなった男は、振り返って犬の姿を探してみた。薄の原に向かって小走りに戻ってゆく後ろ姿がもうはるかに遠ざかって、豆粒のようになっていた。ここから先には、ついてきてくれないのか。

静かだった。軀を横にして杙の列の間をすり抜け、その向こう側に出ると、水は急に深くなり、すぐ足が立たなくなった。

男は仰向けになって軀を水にゆだねた。素裸の男を浸すその仄昏い水は温かくもなければ冷たくもない。力を抜くとおのずから軀がぽっかり浮かんで、この濁った水の広がりは俺の放心そのものなのだと男は思う。どこからどこまで灰色の空がいちめん視界を占め、そこからひっきりなしに落ちてくる優しい雨粒に顔を叩かれることの心地良さに、やがて男は眼を閉じた。水も放心なら、空も放心だった。もう心細さはなくなって、この水もこの空も、これまでいつでもどこでも、ずっと自分を包みこみ、自分を護ってくれていたもののような気がしはじめていた。中年の頃、青年の頃、子どもの頃、幼児の頃、眼には見えなくても、この水とこの空はいつでもどこでも、俺とともにあった。意識はしなくても、それをずっと肌で感じつづけてはいたのだ。

いずれにせよオストゥーニも神楽坂も、薄の茂みも荒涼とした岸辺の原も、今はもう水杙の向こう側にある。男とは無縁だった世界のいっさいが、水杙の後ろに遠ざかってゆく。素肌にひたひたと打ち寄せ、魂まで沁み透ってくるようなこの濁った水の感触はしかし、その反対に、震えが来るほど懐かしい、愛おしい。

就眠儀式というのか、寝つきの悪い夜に男がいつも行なう、ちょっとしたオマジナイのようなものがあった。それは、水に浮き身をするように仰向けの姿勢になり、軀から力を抜いてゆくという、それだけのことだが、全身の筋肉を弛めるというのもけっこう難しいものだ。軀の部位の一つ一つを意識しながら、ゆっくり時間をかけて、丹念に慎重に、その緊張をほどいてゆくのだ。

水に入って今まさに浮き身そのものの状態にある男はそれを、半ば無意識のうちにやっていた。いちばん小さな場所から始めるのだ。たとえばまず、左右の足の小指。それが自分の軀の中心軸に対して、ちょうど対称の位置にあることを意識し、それが弛緩しきっていることを確認する。次に、薬指に対してそれを行なう。中指、人差し指、親指。それが終ると、今度は両手の指だ。さらに、脹脛、二の腕、腿、首と続いて、最後に臍のあたりに意識を集中する。そこからすっかり力が抜けていることを意識すれば、残っているのはもう、その意識それ自体を意識しなくなるにはどうしたらいいという、ただそのことだけになる。say to myself……その myself が、いま静かに散らばって、散らかって、温かくもなければ冷たくもない無の中に溶けてゆく。何を言うこともはやない。考えることも。食べることも。交わることも。

いつの間にか何か緩やかな動きに巻きこまれ、どこかへ向かって漂い出しているようだった。してみると、ここにはやはり流れがあるのだろうか。どこかから湧き出し、どちらかの向きに流れつづけ、どこかの中へ流れこんでゆく、これはそんな水なのか。眠りに落ちる寸前、流れに乗って漂ってゆく自分の軀が、骨のように硬い何かに触れるのを男は感じた。

ツユクサと射手座

数学者のT…氏には二回しか会ったことがない。一度目はチェスを三局指してその後少し話した。二度目はその数ヵ月後に深夜の路上でばったり出喰わし、そのまま彼の家に行って明け方近くまでいたが、その間彼との間に交わされたのがはたして会話と呼べるようなものだったかどうか。

数年前、年の暮れも押しつまった或る日、芝生の広場がいくつもある東京郊外の大きな公園を散歩した後、長いこと足が遠のいていた住宅街のチェスクラブにふらりと立ち寄ってみた。無償の遊戯で時間つぶしをしてみる気になったというよりも、木枯らしがびゅうびゅう吹きすさぶ中を歩きつづけすっかり凍えてしまった軀(からだ)を多少なりと温めたくなったのだ。

クラブの競技室は閑散としていて、わたしと同じくらいの年恰好の痩せた中年男が一人ぽつねんとソファに掛け、英語のチェス雑誌をつまらなそうにめくっているだけだった。その初対面の男と手合わせすることになった経緯は覚えていないが、たぶんわたしの方から誘ったのに違いない。最初はわたしが白を持ち、ありきたりのルイ・ロペスの序盤戦型で臨んだが、巧妙に仕組まれた罠に嵌まって大駒が立て続けに取られ、あっという間に負けてしまった。二回戦ではわたしが黒を持ってシシリアン・ディフェンスで対抗し、かなり粘ったが結局じりじりと劣勢になりそのまま負けた。

もう一局、と未練がましく申し出たのもわたしの方からだったのだろう。わたしが白に戻って、キングズ・ギャンビットで最初からいきなりポーンを一つ棄て、陣形で優位に立とうとしたが持久戦に持ち込まれ、結局ほぼ互角の駒の取り合いで進んでそれぞれ三つずつのポーンとキングだけが残るエンドゲームになり、最後にわたしがどこかで間違えて、相手のポーンの一つがクイーンに成ることがはっきりした時点でわたしは自分のキングを倒した。つごう二時間ほどはこの無口な男と向き合っていただろうか。

わたしたちはそれぞれ盤上に目を落としてしばらく黙っていた。感想戦というのか、終わったばかりのゲームを初手から並べ直して、この局面、あの局面でどう指すべきだったか、どこをどう間違えたかを二人でいちいち検討してゆくといったことをよくやるが、T…氏とそんなことを和気藹々と語り合うといったことはなぜかとうてい想像できなかった。こうした勝負事というのは単なる表層的な知力の競い合いのようでいて、心のどこか深いところがふと触れ合ってしまうといった生臭さを帯びるのが怖いところだ。

「どうも力が違いすぎるようで」とわたしは言った。どこでどういう弛めかたをしてくれたのかはよくわからないが、二回戦と三回戦では男がどこかで手加減したので勝敗の帰趨が長引いたのは間違いなかった。「初めてお目にかかりますね。ここにはよく来られるのですか?」

「いや、あまり……」

「レイティングは幾つくらいでいらっしゃる?」レイティングはチェスの実力を示す数値である。世界チャンピオンのグランドマスターで二七五〇くらいか。

「さあ、幾つかな。わからない……」と男は呟き、しばらく黙っていて、それから妙なことを口走った。「しかし、ずいぶん研究はしたな。たった六十四枡のこんな小さな世界を、人間の頭で統御できないはずはないという幻想に取り憑かれる。風景がチェス盤に見えてくると、ちょっと危ない……」

「アリスの鏡の国みたいなことになるとか……？」すると男は即座に、また意外に強い口調で、

「ああいうのは嫌いだ」と答えた。「あのキャロルという男の精神は濁っているな。芋虫だのウサギだの赤のクイーンだの、『わたしを飲みなさい』だのと……」

「濁っているというのは、よく言われるルイス・キャロルの少女愛とかそういうことですかね」と訊いてみたがそれには返事をしなかった。そこで、間を持たせるというか世間話のつもりで、日本によく来ているという噂のあったボビー・フィッシャー（当時はまだ生きていた）のことや何かをちょっと話題にしてみたが、男は乗ってこずにただ短い相槌を面倒臭そうに打つだけだ。それで早々に腰を上げる機会を窺っているうちに、男は唐突に、まるで独り言のように、

「数学とエロティシズムか……」と呟いた。

「キャロルですか」

「ああいう精神の濁りは許せないな……。数学ってああいうものじゃない……。たとえばツユクサの花弁……」

「え、ツユクサ……？」

「ツユクサの花弁……。それと、まあ何でもいい、たとえば射手座のカウス・メディアとの間に……」

「カウス……？」

「射手座のデルタ星。ケンタウロスの弓の真ん中の星で、地球から三百十光年……。それとツユクサの花弁との間にだって、何かの関係があるはずだろう。関係のパターンが……」

「ちょっと危ない」という言葉は先ほどたしかこの男自身が呟いたのだった。剣呑、剣呑とわたしは思い、とにかく早く話に区切りをつけ、それをしおに席を立たなければという焦りが湧いた。

「関係のパターンですか」

「そう。あのキャロルという男はそういうことを考えてみようともしなかったね。お伽噺やクイズを面白がるばかりで。数学者の風上にも置けないやつ……」突然、男の顔に愛想の良い笑みが浮かんだ。「いやいや、僕は頭のねじが弛んでいるわけじゃありません。まあ、まだ通院は続けて薬を貰ってるくちですがね。いや、単純な話なんですよ。ツユクサと射手座……。いや、何でもいい……。あんたの手の皮膚を滑り落ちてゆく泡のかたまりでもいい……。それと、嵐の中の雲の動きとの関係……。あるいはその両者と、あんたが今吐き出している煙草の煙……。それが空中に描く不定形の模様との関係……。実際、何でもいいんです。パターンがある。あるはずでしょう。しかしそれが見えない……。だから僕はチェスをやる」

「え……?」

「こういうゲームには実際、パターンしかないからさ。だってそうじゃないか。有限の規則の組み合わせで……」言葉が途切れ、それと一緒に男の顔から笑みも消えた。男は厚手の灰色のセーターにやはり灰色の綿パンを穿き、よく見ると髪には白いものもかなり混ざっていて、四十を出たばかりのわたしと同年輩と最初は思いこんだが、このとりとめない独白を聞いているうちにだんだん年齢の見当がつかなくなってきた。肉が落ちて骨格の浮き出た顔が妙につるっとしていて、生の記憶の痕跡がそこにまったく刻まれていない。その後の話の成り行きはよく覚えていないが、とにかくへどもどしながら別れの挨拶をして、わたしはすぐ立ち去ったのだと思う。

その男に次に会ったのは、チェスクラブからは二駅ほど離れたわたしの家の近所だった。春先の寒い晩で、小ぬか雨が降りしきるその深夜、わたしは煙草を買いに出て、自販機の前でポケットから小銭を出そうとしているところだった。「やあ」と背後から声を掛けられて振り向くと、T…という名前をそのときにはもう人づてに聞いて知っていたあのチェスの強い男が、傘を差してうっそり立っていた。路面に散った桜の花びらが彼の足元で汚らしく踏みにじられていた光景を覚えているから、それで季節がわかる。

「あなたですか」と間の抜けたことをわたしはぼんやり言った。あの歳の瀬の手合わせの後、わたしは何度かクラブに足を運び、T…氏の噂話をクラブメンバーたちから仕入れていた。フィールズ賞を囁かれるほど将来を嘱望された数学者だったのに十年ほど前に大学を突然辞め、以来、たまにそのチェスクラブにぶらりと立ち寄るのを除けばずっと家に逼塞して暮らしているという。チェスは恐ろしく強くて誰も勝てないが、トーナメントのたぐいには決して出ようとしない。たまたまクラブに居合わせた誰かと何局か指し、ほとんど口もきかずにすぐ立ち去ってしまう。いつも上の空でわけのわからぬ独り言を呟くだけなので、近頃は彼に話しかける者はほとんどいない。自分から対戦を誘うことはなく、雑誌を小半時読んでそのまま帰ってしまうこともある、等々。天才と何とやらは紙一重と吐き棄てる者もいた。しかし、その早春の真夜中、レインコートの襟を立てたT…氏はわたしに向かって頭を下げ、

「いつぞやは、どうも」と案外まともな挨拶をした。

「あの時はすっかりやられてしまいましたね」とわたしは答え、「この近くにお住まいですか」と尋ねてみた。

「そうでもない。そうでもないんだが、ちょいと散歩の足を伸ばしすぎてね」といきなり馴れ馴れしい口調になって、「どうです、少し歩きませんか」と言った。長年勤めた職場からわけのわからぬ理由で追い出されて以来、その頃のわたしには時間だけは腐るほどあった。ずっと昼夜逆転の生活で、アパートへ帰ってもどうせ明け方まで本でも読んでいるだけだった。

その夜のT…氏はむしろきわめて社交的だった。わたしたちは傘を並べて真夜中の街を歩いていった。人間関係が厭になって大学を辞職したと簡単に身の上を説明した後、チェスの戦型の最新流行について、メディアを賑わせている最近の時事問題について、この界隈の街並みの変化について、T…氏はのんびりしたお喋りを続けた。しかし、「いやあ、近頃の学生は幼稚で困る」とか「内閣総辞職は茶番劇でしたなあ」といった当たり障りのない紋切り型を口にしながら、T…氏のそのうわべの愛想良さの背後に、何か恐ろしいほど深い放心と無感動が潜んでいるような気がわたしにはしてならなかった。ずいぶん長いこと歩いたような気がする。街はまるで迷路のようだった。

T…氏が突然立ち止まって、「ここがわたしの家です」と言ったとき、わたしは不意を打たれて思わずつんのめりそうになった。それは古びた煉瓦造りの小体な洋館だった。すぐ続けて、「いかがです、ちょっと寄っていらっしゃいませんか」と、どっちでもいいような無関心な口調で呟く。

隠居している数学者の暮らしぶりに興味がないこともなかったが、むしろそのときのわたしはT…氏の放心状態に半ば感染したようになっていて、この存在感の薄い人物に付き合ってどこまで行ってもいいといった投げやりな気分になっていたのだと思う。

通された居間の明かりをT…氏が点けると、そこは意外に広い八角形の空間で、見上げると中心に向かって高くなってゆくドーム形の丸天井から薄暗い光が落ちてきていた。ぽたぽた雫が垂れているレインコートを脱ぐとT…氏はチェスクラブで見たのと似たような(まったく同じものだったかもしれない)灰色のセーターと綿パン姿で、わたしたちは部屋の中央に置かれた応接セットに向かい合って腰を下ろした。街路で偶然出会った他人同士が、そのまま道すがら、行き当たりばったりに戸外のカフェのテラス席に座ったとでもいった塩梅で、ことほどさようにその肌寒い部屋はあるじの生活の刻印のない、よそよそしい空間だった。そもそもその安っぽい応接セットと何冊かの本が雑然と散らばる窓際の大机を除けば、家具らしい家具もない。

それから会話の続きが始まったが、それがだんだん会話ならざるものへ変容していったというのは冒頭に述べた通りだ。わたしの発する言葉へのT…氏の応答は少しずつずれはじめ、愛想の良さの蔭に隠れていた昏い放心が前景に迫り出してきた。

ご存じの通り、無限というやつは怪物です、と彼は唐突に言った。無限は恐ろしい。しかし、本当に恐ろしいのは実は有限ということ、終末が、限界があるということの方ではないのか。T…氏が上を向くと骨張った顔が骸骨のように見えた。花冷えの気候と言うのだろうか、いかなる暖房もないらしいそのだだっ広い部屋は夜が更けるほどに底冷えがして、尖った空気が張りつめ、何か「世界のよそよそしさ」それ自体がわたしの皮膚をちくちく刺すように感じた。T…氏が無限と言えばそこに無限が現出し、有限と言えばそれもまた現出するようだった。

わたしは最初はカントール集合や超限数の問題に興味を持っていたんです、と彼は言った。可算濃度と連続体濃度の間には他の濃度が存在しない……。カントールの連続体仮説というやつ、あれは証明も反証もできない命題だということがとっくに示されている。しかし、証明も反証も不可能な命題というのはいったい何なんだ。それ自体、怪物みたいなものじゃないか。

T…氏はお茶も酒も出そうとしなかった。いつ飲んだものやら、底にコーヒーの澱がこびりついたマグカップが一個、うっすら埃をおいたテーブルの上に放置されていたのでそれを灰皿の代わりに使わせてもらったが、そんなことにも彼は気づきもしないようだった。

人間の知力というのはいったい何なんですかね、と彼は言った。怪物をねじ伏せるために行使されるものなのか。怪物の牙を抜いて、飼い馴らされた無害な生き物に変えてしまう。それが知性や学問の勝利ということなのか。だったら、何とも空しいことじゃないか。知性の勝利というのは実のところ、自分自身が怪物と化す瞬間のことだよ。そして、本当に獰猛で凶悪な怪物は、有限性というやつだ。人は死ぬ、物も死ぬ、知性も学問もいずれは死ぬ、熱力学の第二法則……。

そりゃあ、あの領域にはまだまだ面白い問題が転がっている。たとえば正則基数の冪集合の基数に関してはイーストンの定理で整合性が証明されたけれど、特異基数の冪集合の基数はまだはっきりわかっていない。特異基数の冪集合の濃度というのはひどく不安定なものだからね。それを安定させるにはどうしたらいいのか。そういうことを考えつづけるのは面白い。暇つぶしにはもってこいの……。しかし、そういうのは結局、他愛のない数いじりだろう。数学とはそんなものなのか。

ツユクサの花弁……と、いつだか聞いたことのある言葉を彼はまた呟いた。朝露に濡れたあの紫色の花弁の有限性……。この世界のすべての要素は他のすべての要素と関係し合っている。そのパターンを取り出したいとわたしは考えたのさ。森のざわめき。オーロラ。雪の結晶。黴が飛ばす胞子の行方。流星雨。人の声の音程と速度。人と人との間に落ちる沈黙……。

その沈黙の中にわたしたちはいた。丸々と太った黒っぽい虎柄の猫がどこからともなく現われ、わたしの脚に何度も何度も馴れ馴れしく軀をこすりつけ、それから膝に飛び乗ってそこで丸くなった。わたしが黙ったままじっとしているとやがて猫はごろごろと咽喉を鳴らしはじめた。

ガロアという名前です、と暫しの時間の後にT…氏が呟いてその沈黙が破られた。ガロアが立ち上がってうーんと軀を伸ばし、それからまたわたしの膝のうえで元の形に丸くなった。数学者には猫が必要です。一人の数学者の傍らには必ず一匹の、ないし数匹の猫がいる。犬はどうかって？　まさか！

いいですか、とT…氏は言った。そんな言葉を聞いたような気がしただけだろうか。それともわたしがT…氏の代わりに喋っていたのだろうか。わたしは半ばまどろみに落ちていたのかもしれない。数学史上の未解決の難問を解いて有名になりたい——そんな功名心も昔はあったが今はもうないな。そもそも四色問題もあんなぶざまな形ではあれ、もうけりがついてしまったし、フェルマーの最終定理も証明されてしまったしねえ。もうそういうことにわたしは関心がないのです。数と記号のゲームはもう沢山だ。

わたしにはパターンが見えるのです、と彼は言った。いや、見えるような気がするだけか。それが在ることだけは確実に知っている。後はそれを書き表わすだけだろう。それは数いじりとは違う……。還元すること……。何と言ったらいいのか……。怒りや悲しみを雪の結晶の形に、記憶や欲望や恐怖を水に溶けてゆくインクのゆらめきに還元すること……。有限の世界を……。星の光を、虹を、蘇ってくる悔恨の周期を、脈搏の変化を、蔓草の生育の速度と形を……。この空の星座の布置にいたるまで……。

T…氏は心に浮かぶことを心に浮かぶまま、とりとめなく口にしているようだった。それは社交的な気配りの仮面が剝がれ落ち、彼のうちに広がる放心状態が露わになったということなのか。しかし、そうしながらも終始、彼が心の中で実際に考えているのは自分の今現に発している言葉とは別の何かであるようにわたしには思われてならなかった。依然として彼は上の空のまま喋っているようだった。彼の魂も身体も「今ここ」には現存せず、永遠の「他処(よそ)」をさまよっているようだった。そのよそよそしい不在の徹底的な冷たさに、わたしはわけがわからぬまま魅了された。

目の前に広がっている現実がチェス盤の八×八の枡目に見えてくる。が、それだけのことなら子ども騙しにすぎない。この世界に内在する真のパターンを人目から覆い隠すためのまやかしにすぎない。そんな清潔な、誰しもを安心させる秩序に収まっているものじゃないんだ、無限と有限を交響させ、共振させ、関数空間の中に位置づけるパターンというのは。揺るがしようのない、決定的な、世界それ自体の同義語と言ってもいい、そのパターン……。

それを記述し尽くしてやろうとわたしは思ったのです、とT…氏が言った。正しい方程式と間違った方程式があるだけだ……。そして大学を辞め、何もかもを止め、今はただ考えつづけ、書きつづけている。頭を休めるためにはチェスがある。しかし、これは終らないだろうな。それが終る前にわたしの人生の方が終ってしまう。

「人は死ぬ、物も死ぬ……」と先ほどの彼の言葉をわたしは鸚鵡のように繰り返した。ずっと黙っていたわたしがふと漏らしたそのひとことは、わたし自身の耳にさえ妙に場違いに、苛立たしい不協和音のように響いた。が、T…氏はそれに対しても何の応答もしなかった。答えるまでもないということだったのだろうか。

真夜中、机に向かっていると白熱状態が訪れるのです、とT…氏は言った。午前二時から三時のあたり……。それが怖くてね。怪物と向かい合う……。いや、自分自身が怪物になる……。とにかく自分が自分でなくなって、熱した頭でひたすら数式を書き連ねているうちにいつの間にか空が明るんでくる。その後は丸一日疲れきって、自分が薄っぺらな紙になってしまったような空しさを覚えます。そういうことになりそうだと予感した晩は散歩に出る。今夜のように。

頭を仰向けて丸天井を見上げると、天井も屋根もなくそこにただ星空が広がっているようだった。どうしようもなく、癒やされようもなく、わたしたちはさらされていた。地平線まで茫々としてわたしたち以外には人影一つない荒れ野に、よるべなく蹲っているような気がした。

だからT…氏が不意に立ち上がって部屋から出ていったとき、わたしの頭には影の一つがまた位置を変えるのだなという漠とした思いが浮かんだだけだった。位置と速度の変化――それもまたパターンの一つなのだなと。わたしはそのまましばらくじっとしていたが、いつまで経っても彼は戻ってこなかった。

もう窓の外がうっすら明るみはじめているようだった。いつの間にかガロアももうわたしの膝のうえからいなくなっている。わたしは立ち上がってドアの框のところまで行き耳を澄ませてみたが、家の中はひっそり静まり返っていて何の気配も感じられなかった。その静寂を乱さないよう細心に注意しながらわたしは足音を忍ばせて玄関まで行き、T…氏邸を辞去した。

雨は上がっていた。あてずっぽうに見当をつけて歩いていったが、住所表示板に馴染みのある町名を認めるのにずいぶん時間がかかり、自分のアパートに帰り着くのに結局途方もない迂回をしたらしい。歩いてゆく途中であたりに朝の光が漲りはじめ、世界がこんなふうに規則的に眠りと目覚めを繰り返すのは有り難いことだという想念に満たされた。しかしそれもこれもいずれは有限のことだという、怯えとも悦びともつかぬ思いが、帰途の間中しつこい虫歯のように疼きつづけた。

その後、あのチェスクラブに何度か足を運んだがT…氏の姿はなかった。居合わせた誰彼に彼のことを訊いてみたが、奥歯に物の挟まったような妙な反応で、そんな人がいましたかね、いたような気もするけれど——といった頼りない答えしか返ってこない。何か大っぴらに口にするのを憚るような事情があり、皆示し合わせてわたしにそれを隠していて、彼のことを話題にするのを避けていたのだろうか。やがて新しく見つかった仕事が忙しくなってわたしにはチェスにかまける心のゆとりがなくなり、結局、会費未納が長引いてそのままずるずるとクラブを退会してしまう形になった。

それが在ることだけは確実に知っている、後はそれを書き表わすだけだ——およそ抑揚というものをいっさい欠いた平板な声でそう語ったT…氏の家がどこにあったかは今となってはもうわからない。あの家の玄関の片隅に立てかけてそのまま忘れてきたわたしの傘はどうなったのだろうか。あの古びた洋館は実在したのだろうか。そもそもT…氏という人物にわたしは本当に出会ったのだろうか。

薄ぼんやりと、ゆらりと二つ

東京には空が……あるのかないのか知らないが、とにかくわたしが子どもだった昭和三十年代には東京の空は今よりずっと広かったと思う。空だけではない、四十年前の東京は何と言うのか、もっと広々としていて、あっちこっちにいろいろな「隙間」があった。あの銭湯も街中のそんな「隙間」の一つにひっそり蹲っていたのではないかと思うのだが……いや、そうそう先走らずに、ともかく少しずつゆっくりと話していこう。

五十代に入って老いの実感がそくそくと迫ってきたわたしが今になってよく思い出すのは、小学校が休みでとくに友達との約束もないような日曜日の長い午後、家からぶらぶらと歩き出して、ふだんなら何やかや気忙しそうに行き交っている通行人の影もほとんどない下町の商店街を歩いてゆくと、妙に閑散としたアスファルトの上に白々と明るい冬日が照り映えて、自分の影が長く伸びている、そんな風景だ。こんなふうな退屈な時間が僕の生まれる前にも広がっていたんだろうな、そして僕の死んだ後にもきっと同じように広がっているに違いない、といったさみしい思いが胸にひたひたと満ちてきたものだ。ぽんとつま先で蹴る石ころの行方を目で追い、ころころと転がってゆく乾いた音に耳を澄ましながら、何やら「永遠」などという変な言葉が頭に浮かんだりしたものだ。わたしの記憶の中で、あの頃の東京の風景にはほとんど音がない。自動車なんぞも休日になるとうちのあたりの細い道にはほとんど入ってこなかったのではないか。聞こえてくるのはただ、小石の転がる音、商店街の電柱にくくりつけられた賑やかしの飾りが風に吹かれてしゃらしゃら鳴る音、夜になると寒気を貫いて伝わってくるラーメン屋台のチャルメラの人恋しそうな、人懐かしそうな音色……。

今の東京は空間が人だの物だの、それに何よりも意味だの情報だのによって隅々まで充塡し尽くされていて、街歩きをしていても、単に用足しのためにA地点からBへ距離を踏破しているだけのようで索漠とした気分になる。用も当てもないぶらぶら歩きをしているつもりでいても、結局、意味と情報のただなかを潜り抜けているような貧乏ったらしい気忙しさがどうにも払い落とせない。あのコンビニとかいう千篇一律の代物がある程度の距離ごと、まるで何かの目印のように定期的に出現するのも気に入らない。情報都市とか視えない都市とかネットワーク空間とか、そんなお題目（ポストモダンとかいうのだろうか）を囃し立てるお調子者には好き勝手なことを言わせておこう。何にもなくて空も街も広かった昔の東京の方がわたしは好きだ。まあ、こんな紋切型の感想などたぶん老人性のノスタルジアにすぎず、世界についてまだ何も知らない子どもの頃に見た風景というものはきっといつの時代の誰の場合でも空白や隙間が多くて、白っぽい倦怠の光に浸されて記憶に残るのかもしれない。しかしともかくあの頃の東京のことを考えると今の東京とはとうてい同じ街とは思えず、「戦前」とか何とか、まるでわたし自身が生まれる以前の時代の風景を想像しているような気持になって、何だか頭がくらくらする。

そんなふうに街がすかすかだったからこそ、人も物もぎっしり詰まったアメ横のような場所の、まるで年がら年中お祭りをしているような華やぎが子どもの目に眩しく映ったのかもしれない。上野のアメ横商店街の迷路は竹町の生家から歩いて十五分もかからず行ける距離だったから、休日と言わず平日の宵などにもよく一家でぶらぶらと冷やかしに行ったものだ。もちろんそのたびに「舶来品」の時計だの牛革ベルトだのを買うわけではない。父は外国煙草を買い、わたしと妹はハーシーのチョコレート（あの頃はもちろん滅多にない上等品だった）を買ってもらい、広小路まで出て三人で（言い忘れたがうちは母のいない家庭だった）小豆アイスかあんみつでも食べて帰ってくる。庶民の日常のささやかな楽しみである。

アメ横で不思議なのは、その本体はもちろん御徒町から上野にかけて山手線のガード下に広がっているのだが、そこからいったん出て、赤札堂（今はABABとかいう名のビルになったのだったか）の脇に抜ける道をちょっと行ったところの右側にもう一つの入口があって、そこを潜ってくねくねと歩いていくとガード下の本体とは別のもう一つの、ただしずっと小振りの路地裏の迷路に通じていることだった。これは今でもそのまま変わっていないはずだ。わたしの記憶の中ではこちらの商店街の方は高級なバッグや貴金属や時計ではなく、むしろ安手の雑貨だの、古ぼけたコインや切手だの、埃をかぶった玩具だの、朝鮮料理の食材だのを商うくすんだ小汚い店がごたごた並ぶ一角で、子どもだけでは入って行きにくい少々怖い空気が淀んでいたものだ。きらきらした「舶来品」で溢れているガード下はもちろん魅力的だったけれど、わたしが子ども心に何だかとても不思議に思い、惹きつけられていたのは本当はこちらの一角の方だったのである。ごく普通の通りに、ふつうなら気にも留めずに通り過ぎてしまうようなさり気なさで、こんな「もう一つの入口」がぽかりと口を開けていて、そこを潜り抜けるとまるで都会の内臓のような「もう一つの世界」のただなかにいきなり入りこんでしまうことの不思議が、わたしを途惑わせ、また魅了していたのだと思う。こんな謎めいた入口が、この広い東京にはひょっとしてあっちこっちに口を開けているのかもしれない。

たしかあれはわたしが小学五年生かそこらの頃、だから妹は小学校に上がったばかりの年頃だったはずだが、ある蒸し暑い真夏の宵、父に連れられてアメ横の中をぶらつき、どこかで夕飯を食べてからさらに広小路の盛り場を徘徊しているうちに、例の入口のところに出た。わたしたちはそこを潜って奥に広がるくすんだ路地の商店街に入っていったのだが、通路を一つ曲がり二つ曲がってくねくねと行くうち、ほどなく薄ぼんやりした提灯がぽっと灯った銭湯の前に来ていたのである。臓物の煮込みから立ちのぼる湯気のようなにおいがあたりに漂っていたような気がする。銭湯の玄関のガラス戸の両側にそれぞれ一つずつ提灯が下がってかすかに揺れており、その上には銭湯建築によくある例のものものしい瓦屋根が、ただし少しばかり縮小された紛い物のような風情で乗っている。

わたしたちは当たり前のことのようにガラス戸をがらりと開け、中へ入っていった。今まで見たこともない銭湯だし、家の近所のいつもの銭湯に行くときには必ず持参するタオルだの洗い桶だのをそのとき持っていたはずもないのに、なぜわたしたちはさも当然のことのようにそこに吸いこまれていったのだろう。父と手を繋いでいたかどうかは覚えていないが、ともかくそこに入っていきながら父の古いツイードの上着の袖に右頬を寄せていた記憶があり、またそれと同時に顔の左側を、横腹に「**湯」と書かれた提灯の明かりが人魂（ひとだま）のようにふうっと浮游しつつ過ぎていった記憶もある。顔の右側には父の上着の杉綾織りの袖の布地の肌触りとそこに染みこんだ煙草のにおい、左側には何だか怖いようにふわふわと動いてゆく薄明かり。その二つが結びついて、これを書いている今もなおわたしの脳裡に、というか頬と鼻孔に鮮明に蘇ってくるので、父と一緒にそこに足を踏み入れたことは確実なのである。妹は小さな頃は散歩の終り頃になると歩き疲れてぐずり出すのがいつものことだったので、そのときも父の背におぶさっていたのだろうか。

古い銭湯だった。番台にいるのは皺々の顔の小柄なお婆さんで、勘定台の端っこに座っている黒白柄の大きな猫が傲然と首を立ててあたりを睥睨し、お婆さんの仕事を半分肩代わりしているようにも見える。お釣りを渡してくれたお婆さんの手が、その威風堂々とした猫の黒い尻尾を遠慮がちに少しだけ横にずらしたこともはっきりと覚えている。だが、脱衣所の内部の様子も、自分がどんなふうに服を脱いだかも覚えていない。……わたしは洗い場の蛇口の前で、細い肋骨の浮かび上がった妹の背中を石鹼を含んだタオルでごしごしとこすってやっていた。濛々と立ちこめる湯気を透かして薄ぼんやりした人影がちらほらと見える。

いつの間にか誰かが隣りで体を洗いはじめている気配があり、ちらちらとこちらを窺っている視線を感じる。その視線が何やら棘々しい感触を伝えてくるので、ふと目を向けると、でっぷりした中年の女性が口の端を歪めた変な笑みを浮かべてこちらを見下ろしていて、何も言わず、しかし合わせた目を逸らそうとしない。若くもないし大して綺麗な顔立ちでもないが、太りじしながら艶々と張った真っ白な肌が眩しくて、わたしは顔を伏せてまた妹の背中にタオルを当てた。何かちょっと妙なことが起きているような気がしたが、咄嗟にはそれが何だかわからなかった。少し経って、恐る恐る反対側に目をやってみると、やや離れたところで体を洗っているのは痩せたお婆さんで、そのお婆さんも困惑した表情でこちらをちらちら見やっているようだ。背後を振り返ってみる。若い女、中年の女、わたしと同い年くらいの少女……。わたしは真っ赤になって動悸が高まり、手が止まってしまった。その瞬間を狙い澄ましたように、隣りの太ったおばさんがしゃがれ声で、ねえ、ここ、女湯よお、と語尾を意地悪く引き延ばすようにして言いながら、わざとらしくわたしの股間を覗きこむ身振りをした。わたしは何も答えず、妹の体に桶の湯をざあっとかけて泡を洗い流した。ねえ、ボク、間違えてるんじゃないのお。その声を背にしながら、妹を立たせて洗い場の出口へ向かう。ねえ、お母さんと一緒なのお、ねえ、あんたさあ。決して本当の笑いではない大きな笑みに崩れた女の唇には、はみ出さんばかりに太く真っ赤なルージュが塗ってあったような気がしなくもないが、これはきっと後から加工した偽の記憶だろう。

お母さんはいないよ。前はいたけど今はいない。いつの間にかいなくなっちゃったんだ。でもお父さんはいる。いるはずだよ。でもどこに。

脱衣所に戻ったわたしは真っ赤な顔で俯いて誰とも顔を合わせないようにしながら手早く自分の服を着た。さっきまではずいぶん閑散とした、流行らない風呂屋だと思っていたのに、まるで馥り(かお)の高い花々が突然咲き出したように、ふと気づいてみるとわたしの周りには老若さまざまの沢山の女性たちが服を脱いだり着たりしていて、あちこちで楽しそうなお喋りの声も上がっている。しかし、気のせいかもしれないが、その中に紛れこんだわたしの存在に気づいた者から一人ずつ黙りこみ、話し声が徐々に静まって、脱衣所の中に棘々した居心地の悪い沈黙がじわじわと広がってゆくようだ。むずかる妹を急き(せ)立てて服を着るのを手伝い、手をぐいぐい引っ張るようにして番台の前を擦り抜けた。今は香箱を作っているあの猫がわたしの顔に目を据えて、わたしが早足で出てゆく動きにつれて悠然と首を回すのがちらりと目に入った。

たしかに、お父さんと一緒に入ったはずじゃないか。お父さんの上着の袖の、杉綾織りのツイード地の感触とそこに染みこんだ煙草の脂のにおい……。そのときわたしはなぜ男湯の方を覗いてみようと思い立たなかったのだろう。わたしはとにかく恥ずかしくて堪らず、動転していたのだと思う。だがいずれにせよ、三人一緒に湯屋に入って父だけ男湯へ、わたしと妹だけが女湯に紛れこんでしまうなどといった奇怪なことが起こるはずもない。外に出てきてしまえばそこはあの変哲もないアメ横のアーケード路地で、しかし先ほどからどれほど時間が経ったのか、薄暗い街灯がぽつりぽつりと灯っているだけで、あたりはことごとく店仕舞いして殺風景なシャッターが下りているばかりだ。銭湯の入口の提灯も消えていた。

それから、妹を引きずるようにして闇雲に家路を急いだ。道々、父の姿を目で捜し求めながら竹町の自宅に帰り着くまでのあの十五分ほど心細い思いをしたこともない。目を閉じたままでも帰れるほど知悉している道筋なのに、曲がらなければいけない角に来るたび、ここを曲がると今まで見たことのない未知の街のよそよそしい光景が広がっているのではないかと、そんな意味のない不安に襲われてどきどきする。御徒町公園を横切る途中でフェンス際の竹林がざわざわと風に鳴ると、その音にも思わずぞわりと背筋がそそけ立つようだった。二人とも汗まみれになって家に帰り着く頃には妹は半泣きになっていて、そのまま真っ直ぐ寝室に行ってしまった。もう、厭。お兄ちゃん、嫌い。

……奇妙な話に聞こえるだろうが、この帰り道の怯えとよるべなさははっきり覚えているのに、というか四十年後の今になって振り返ってみるときそれがその年齢の頃の記憶としていちばん強烈で、つい昨日のことのようななまなましさの失せていない思い出であるのに、家に帰った後何が起こったのかという、記憶のその部分はすっぽり欠落しているのだ。そこに父は待っていて、お帰り、何だ、遅かったな、などとのどかな顔で呟いたのか、それとも、そのとき家は無人で、心配で真っ青な顔になった父がわたしたちより少し遅れて帰ってきたのか。そのあたりは何一つ思い出せない。

その日から今日に至るまで、数えきれないほどの回数アメ横あたりを徘徊してきたが、最初から薄々わかっていたようにもちろんそんなところに銭湯などありはしない。

記憶のメカニズムには不思議なものがあって、それぞれ別々の出自を持ついくつもの断片が不意に出会い、結合して一つのストーリーを作り上げてしまうことがある。本来合致しないはずのいくつかのジグソーパズルのかけらが、無理やり寄せ集められ繋ぎ合わされ、意想外の図柄を構成してしまうことがある。一応一つの図柄になってはいても、かけら同士は本当にしっくりと嵌まり合っているわけではなく、あちこちに不整合があり、歪みがあり隙間があって、よくよく凝視してみればそれが偽の図柄であり、そこに集められた破片たちが収まるべき文脈はそれぞれ別にあることは明らかなのだ。しかし、それが偽であろうと真であろうと、とにかくその図柄の全体が折りに触れわたしの心に、あるいはむしろ身体に蘇ってくる、そのなまなましい迫真感は、わたしの人生の現実そのものである。そう言いきっていったい何の悪いわけがあるだろう。

この夜の出来事の図柄を完成させるピースが実はもう一つだけ残っている。アメ横の路地奥の銭湯から帰ってきたまさにその夜、明け方近くになって、わたしははっきりしたイメージも何もなくただ原色が渦巻いているような胸苦しい夢を見た。そのさなか不意に股間がかっと熱くなり、その熱が軀中に広がってゆくとともに、性器から何かがどくどくと流れ出すのを感じて目を覚ました。そんなことがわたしの軀に起こったのはそれが初めてのことだったのである（しかし、陰毛なんぞが生えはじめたのはもっとずっと後のことだと思う）。その頃、母のいないわたしたち兄妹を哀れんでのことだろう、叔母一家が家族旅行にわたしたちを一緒に連れていってくれたことが何度かあって、そんなとき温泉旅館の風呂場で、ついわたしは叔母や従姉妹たちや妹と一緒に女湯の方に紛れこむことがよくあったものだけれども、このアメ横での出来事の晩以来、わたしは女湯には恥ずかしくて入れなくなってしまったものだ。

後日、あの銭湯のことは何度か話題にしてみたが妹はまったく覚えていなかった。そうか、そうだよな、アメ横の中に風呂屋なんかないもんな。当たり前よ、あるわけないじゃない。そうだよな、うん。他方、あの晩のことを父に尋ねてみたことは一度もない。お父さん、アメ横の銭湯に行ったことがあったっけ。そんな問いを口にするのが恥ずかしかったのだろうか。何を馬鹿なことを言ってるんだと一笑に付されるのが怖かったのだろうか。今になって訊いてみたくても父は五年ほど前に心筋梗塞で死んでしまっている。四十年前のあの頃すでに着古して肘に穴の開きかけていた濃緑色ツイードのジャケットは、父の遺品の中に見当たらなかった。

だが、煙草臭い袖口の杉綾織りの布地の感触はまだわたしの右頰に残っているし、それが蘇ってくるや、同時に、「＊＊湯」と書かれた提灯の明かりがわたしの顔の左手をすうっとよぎり、わたしの背後へ消えてゆく。この頃、夕暮れ時など気力が萎えて何をする気にもなれなくなることがある。そんなときふと気紛れを起こして電車に乗って御徒町まで足を伸ばし、久しぶりにアメ横の雑踏に身を紛れこませてみたらどうだろう。大都市という野の人目につかない片隅に仕掛けられた罠のように口を開けているあの入口を潜り、活気のない商店街の路地を進んで、一つ曲がり二つ曲がりしてみたらどうだろう。案外、つい目と鼻の先にあの銭湯があり、その玄関の両側に下がった提灯の明かりが薄ぼんやりと、ゆらりと二つ、今度は老いのとば口に立っているわたしを迎えるように、立ち現われてくれるのではないか。そしてわたしは傲然と首を立てて番台に座っているあの黒白柄の猫にまた会えるのではないか。

T字路の時間

久しぶりの佐竹商店街である。花冷えのする平日の昼下がりで、夕餉（ゆうげ）の支度にはまだ早く、しかも雨降りということもあるのかもしれないが、人出はきわめて少ない。いや、この商店街も今やアーケード屋根で覆われているのだから、本当なら悪天候はあまり関係ないはずだ。むしろ全蓋のアーケードの下に雨を避け、ぶらぶら歩きで暇な午後の時間つぶしをしようという人がもっと沢山いてもよさそうなものだ。目的のない遊歩の愉しみを味わうにはこの商店街は少々淋しすぎるのかもしれない。

佐竹通りはJRの御徒町駅から歩いて十分ほど、春日通りから始まって清洲橋通りに斜めに抜ける三百メートルを越える商店街だ。最近、地下鉄の都営大江戸線の新御徒町駅が、春日通り沿いの近いところに開設され、交通のアクセスがぐっと良くなった。わたしが子どもの頃、この商店街はまだ頭上をアーケードで覆われていなかったものだ。もうとっくのとうに取り壊されてしまったわたしの生家は、ここから百メートルほど上野寄りにあるもう一つの商店街――末広会商店街に面した味噌醤油屋だった。旧町名で言うと台東区竹町五十一番地、今の町名では台東区台東三丁目に当たる。

わたしは東京のあちこちの界隈を舞台にして小説を書いてきたが、なぜか生家の近辺だけは物語の中に登場させたことがなかった。何となく気恥ずかしかったからだろう。それが、昨年暮れに書いた「あやめ」という短篇小説の中で、初めて物語の主人公をこの界隈に徘徊させてみた。その理由は小説そのものの中に多少書きこまれているけれど、昨年六月に父が死んだということがやはり大きいようである。父の死とともに、子ども時代にまつわるもろもろの記憶が、様々なしがらみからようやく吹っ切れ、距離が生まれ、何か他人事のような感じになってきたのである。実際、改めてこの界隈を歩いてみても、見覚えのある店はずいぶん減ってしまっている。

一九八〇年代後半のバブル景気は東京の景観をいたるところで壊してしまったが、この界隈の変貌は、そんなふうに地上げの波に攫(さら)われた結果でもないらしい。子どもの頃に見知っていた近所の小父さんや小母さんが亡くなって、代替わりするにつれ、徐々に櫛の歯が抜けるように店仕舞いをしていった。何やらそんな気配なのだ。わたしの卒業した竹町小学校も、いつの間にか鉄筋コンクリート建築で建て直され、名前も変わって平成小学校になってしまっている。

資料によると、佐竹商店街のアーケード化は昭和四十四年、つまり一九六九年ということである。わたしたち一家がこの地を離れたのはちょうどその頃だ。わたしの心の中では佐竹通りはまだ天空が頭上にすかんと抜けていて、通りの賑わいの反響が晴れた冬空の高みにひっそりと吸いこまれていき、その静かな風景の中では、子どものわたしが仲間と連絡を取り合いながら、無心に駆け回っている。連絡を取り合うと言ってもむろん携帯電話のない時代だから、路地の間を走り回っているうちにいつの間にかみんなからはぐれてしまい、独り路上に取り残され、空がきれいに晴れわたっているだけに何だかいっそうわびしく、もの哀しい思いを持て余しつつ、とぼとぼと家路につくこともあったものだ。

だからアーケードには少々違和感があるけれど、それにしてもこうしてずいぶん久しぶりにこの界隈を歩いていると、小さな路地のここかしこから、無数のささやかな思い出がゆるゆると立ち上がってくるのを感じずにはいられない。懐旧の情にうっとりするような精神の働きは、本当はわたしはあまり好きではない。そういう爺むさい感傷は振り捨てて、前へ前へ進んでいきたいといつも思っているのだが、しかしこんなふうに、犯人がわれにもあらず犯行現場に立ち返ってゆくようについついこの町に戻ってきてしまうことがままないわけではなく、するとやはりそこはかとないノスタルジーのたゆたいで多少なりと心が揺さぶられずにはいない。

わたしは新ちゃんのところに寄ってみた。公認会計士の新司君は、わたしの竹町小学校の同級生である。亡くなったお父さんも会計士で、その後を継ぎ、佐竹商店街から細い小路を折れてちょっと行ったあたりで事務所を営んでいる。奥さんが事務を執り、他にアルバイトの女性を一人置いただけの小さな事務所である。ガラス戸をがらりと開けると、奥のデスクから目を上げた半白頭の中年男が、

「お、珍しいねえ。どういう風の吹き回し……?」というがらがら声を投げてきた。手前の机でパソコンに向かっている奥さんも、すぐわたしの顔を思い出し、会釈しながら顔をほころばせてくれる。

新司君は相変わらずだった。ギョロ目で猪首(いくび)で、大きな鼻があぐらをかき、どこか愛嬌たっぷりの蛙を思わせる少年だったが、数十年を経た今も、顔立ちや雰囲気はちっとも変わっていない。小柄だが運動神経は抜群で、たしか六年生のとき都の陸上競技の大会の、

百メートル走の決勝で、二位か三位に入賞したはずだ。数字や文書を扱う家業の家に育ったせいか、他の同級生たち――八百屋や草履屋や炭屋のせがれと比べると、そしてもちろん味噌屋のせがれのわたし自身と比べてもそうだが、彼には言葉遣いや挙措にどこかしら品が良くて「知的」なところがあり、子どもの頃のわたしは新司君を前にすると、いつもかすかな気おくれを感じていたものだ。いきなり押しかけたことを詫びたうえで、

「いつぞやの同窓会以来か……。どう、元気？」と尋ねながら、わたしの目はつい新ちゃんの、何年か会わないうちにまたいちだんと後退した髪の毛の生え際に行ってしまう。

「こっちはまあ、相変わらず……だよな？」と新ちゃんは奥さんに同意を求め（仲の良い夫婦なのだ）、「何だか、作家なんてものになっちゃったんだって、この頃？」と訊いてきた。

「うん、小説みたいなものを書いてる。少しずつ、ぼちぼちと……」

「へえ、小説ねえ……。そうかあ……」

「なあんだ、読んでくれてるのかと思ったぜ」と、わたしは少し気を悪くしたふりをしてみせた。

「ん、悪（わり）い、悪い。いや、おれはどうも、小説なんてものはなあ……」と言いながら、新

司君は立ち上がってわたしのほうへ近寄ってきた。

「なあ、ちょっと出られないかい。今日はこのあたり、久しぶりに歩いてみるつもりでね」

「歩くって、何だい、取材ってやつか」

「いや、そういうわけでもないんだが……。ともかく何だか不意に、下町の商店街を歩きたい気分になってね。どうかな、一時間かそこら……」

そろそろ会社の決算期だから、何かと忙しいんだよね、なんぞと新司君はぶつくさ呟き、腕時計を見ながらちょっと迷うふうだったが、うん、と一つ頷くと、奥さんにてきぱきと幾つか指示を与え、いったん奥へ引っ込んで、黒い革のブルゾンを羽織って戻ってきた。わたしは奥さんに、すみません、ちょっとこいつをお借りしますからと頭を下げ、男二人で外に出た。

しかし、ぶつくさ言っていたわりには、歩き出したとたんに新司君の足取りは案外、いそいそと弾むようになり、よし、まずはともかく、佐竹通りを歩いてみるか、あんたも久しぶりだろ、と言いながら、わたしを急き立てるようにして商店街のほうへ足を向ける。

二人で並んで、佐竹商店街をぶらぶらと歩く。春日通りに突き当たる端っこまで行き、そこから引き返し、清洲橋通りに抜けるところまで歩き通す。一応、端から端まで歩いたが、何となく物足りない気分になっているわたしの心を見透かすように、鳥越にも行ってみるかい、と新司君のほうから言い出した。

アーケードを出て二人は傘を開いた。鳥越のおかず横丁は清洲橋通りを五分ほども行けばすぐに着く。ここも古い商店街で、関東大震災以前からちらほら店があり、空襲にも遭わずに今に至っている。しかしこのあたりは佐竹よりもさらにいっそう淋しい感じになっていた。大手チェーンのコンビニが幾つも進出してきており、いったんそうなってしまえば、おかず横丁がおかず横丁であることの意味も根拠も、もう半分以上失われてしまったようなものではないか。

結局、鳥越神社の手前で何となく道を逸れ、厩橋(うまやばし)から浅草方面へ何となく足を向ける。このあたりにはT字路が多い。ちょっと曲がるとすぐ突き当たりになって、道が左右に伸びている。どちらかの角を曲がってしばらく行くと、また突き当たり。角を幾つも曲がって細道に入ってゆくうちについ方角を見失い、自分がどこにいるのかわからなくなってしまいそうになる。子どもの頃はこの辺も毎日のように自転車で走り回り、遊びのテリトリーになっていて、地図は完全に頭に入り、どこの路地を抜ければどこに出るといったことを熟知していたはずだが、もうすっかり記憶が薄れている。その記憶を甦らせてくれるよすがになりそうな、煙草屋だの自転車屋だの「何とか齒科醫院」と旧字体の看板を掲げていた歯医者だのが、そもそも街の風景からもうすっかり消えてしまっているのだ。

いい加減歩いて疲れたので、喫茶店に入ることにする。コーヒーを飲みながら、同級生のあれこれの近況などをひと通り話題にした後、わたしは、

「しかし、商店街ってものは良いもんだ」と言ってみた。

「そうかねえ……」と、新ちゃんは納得できないという顔だ。

「安心感ってものがあるんだよ」

「まあ、あんたはこの土地から出てっちゃった人間だからねえ」

そう言われてしまうと、軽く突き放されたような気持になって少々淋しい。

「ずっと住みつづけてる人間にしてみると、今さら安心感もへったくれもないよね。ただまあ、商店街の近くに住んでりゃあ、便利は便利だわな」

「しかしね、たとえばアメリカには、佐竹とかおかず横丁みたいな『商店街』ってものはないわけだよ」と、わたしは少々弁解気味に理屈をこねてみた。「『ショッピング・モール』ってやつならある。どでかいプラスチックの箱みたいな建物の中に、店がいっぱい集

まっていて、アメリカ人はそこに車で乗りつけてきて買い物をする。それから、そこに付設した工場みたいな巨大スーパーで、一週間ぶんの惣菜の材料を買い込んでいく。アメリカン・ウェイ・オブ・ライフってやつ……。便不便は別として、ああいうのは、おれはどうもね……」

「でも、五番街とかタイムズ・スクェアとか、ニューヨークなんかにあるじゃないの。伝統のある商店街がさ」

「ああいうのは『商店街』じゃなくて『繁華街』だろ。銀座とか、新宿とか、そういうのに当たるわけだろ。その土地の住人相手に日用品を売っている、こういうおかず横丁みたいな商店街ってものはないいんだよ。フランスにもないぜ。それか、アジアの国にだってあんまりない」

「そうね。東南アジアのどこの町でも、日用品の買い物っていうと、露天のマーケットでとか、そういうことになっちゃうもんな。大きな建物の屋内のこともあるけど、築地をもうちょっと猥雑に、庶民的にしたような、市場(いちば)ってやつ……」

「うん、商店街ってものは、繁華街でもないし市場でもない。あれはとても日本的な都市風景なんじゃないかな。おれはそう思う」

「それもしかし、だんだん消えつつある風景だろう」

そのようである。商店街は今、劣勢だ。大手チェーンのスーパーの進出やコンビニの繁殖が、両面から商店街の賑わいを縊（くび）り殺しつつある。しかし、そうした中で、やや活気に乏しいながらも、佐竹や鳥越みたいなところがこうやって頑張っているのは頼もしい。

「たとえば目黒線の武蔵小山の駅前には、とても賑やかで楽しいアーケード商店街があるよな」と新ちゃんが言う。「大阪のミナミあたり、千日前だってさ。ああいうのはほんとにいいなあ」

「うん。ただね、こういうちょっぴり寂れた感じの商店街も、それなりにいいもんだ。えも言われぬ風情があるよ。それに佐竹には、やっぱりそこはかとない歴史の味わいがある」

そんな話題でのんびりと言葉を交わしているうちに、じゃあ、ちょっと他の商店街へ行ってみるかという話になった。三ノ輪（みのわ）に行こうと新司君が言う。子どもの頃からせっかちなほうだったが、そうと決まるとさっと立ち上がってレジで二人ぶんの勘定をして、後ろも振り返らずにどんどん出ていってしまう。わたしは慌ててバッグを肩に掛け、小走りに新ちゃんの後を追った。清洲橋通りでタクシーを拾って三ノ輪に向かった。タクシーに乗って商店街に行くというのも、何だか妙なものだが。

それにしても、商店街の魅力とはいったい何なのか。

売る、そして、買う。

人間のいちばん基本的な営みだ。人と人との関わりの、つまりはコミュニケーションのありかたの、もっとも原初的な姿と言ってもいい。自分の所有物のうち、過剰なものを世界に向かって放出し、その代償として、不足しているものを手に入れる。この「売る」と「買う」がすれ違う瞬間に、そこに弾け飛ぶ一瞬の火花のように生起するものが、コミュニケーションというやつだろう。わたしたちは、売り、そして買うことによって他者と交流するのだ。

では、「話す」ことは、「愛する」ことはどうなのか。それはコミュニケーションのためのもっとも本質的な身振りではないのか、と反論されるかもしれない。だが、言葉を交わすことも、愛し合うことも、ある意味で、売り買いの営みのとる一形態と言えるのではないか。もちろん金銭という代価がやり取りされるわけではないが、「愛」も「会話」も、ある種の交換であることには間違いない。わたしたちは自分の言葉や気持を放出し、それと引き替えにではないけれど、とにかくそれをきっかけにして他者の言葉や気持を受け取るわけだ。マーケットでの物と物との交換と、形態としてはまったく同じ行為なのである。

商店街とは、だから、日々生き生きしたコミュニケーションが生起しつづけている人間の暮らしの現場そのものなのである。店にふらりと入っていって、これこれのものを下さいと言い、それを受け取り、代金を払う。そのついでに、時候の挨拶程度の言葉は交わす。べつだん深い魂の交流が生まれるわけではないにせよ、人間が他者と繋がるための必要最小限度の身振りがそこにはある。そこへ行くと、スーパーやコンビニのレジというのは、たとえレジを打っているのが人間でも、実のところは自動料金支払機を相手にしているようなもので、自販機相手の味気ない買い物と大して変わらない。そう言えば、お婆さんが猫を膝にのせて日がな店番をしているような昔ながらの煙草屋もめっきり減り、煙草を買うのも自販機でばかりになってしまった。

そんな話を新司君ととりとめなく交わしているうちに、タクシーは三ノ輪に着いた。都電の停車場のあたりで車を降り、傘をさして歩いてゆくと、ほどなくジョイフル三ノ輪という看板の出ているアーケード街が見えてくる。都電の線路と平行して真っ直ぐに続く商店街だ。

「そう、そうなんだ」と、この四百メートルほどもある商店街をゆっくりと歩きながら、新司君がタクシーの中での話題に戻って言った。「売ったり買ったり。それが人間の暮らしの本質なんだよ。だから旅へ出ると、つい何となくその土地の市場に引き寄せられてしまう」

「そうそう、商店街も良いが、市場ってものも本当に面白いよな」とわたしも賛成した。「世界中どこでもね……。アジアでも、ヨーロッパでも。ソウルの南大門だって、バンコクの水上マーケットだって……」

「ヨーロッパにも市場があるのかい」

「もちろん。街中の広場に、週の決まった日に市が立ったりするし」

「人が物を売り買いしている現場に立ち会うのはね、とにかく面白い」と、新司君は嚙みしめるように言う。

「人間のいちばんナマな姿がそこに現われるからなんだよ。コミュニケーションだよ」

「じゃあ、東京で言えばやっぱり、築地か」

「いや、築地は築地でもちろん面白いんだけど、東京のあちこちに残っているこういうちょっと淋しい感じの商店街にはね、それともまた違った魅力がある。そう、市場のあの活気、活力、それにももちろん惹かれるんだけど、商店街ってものはまたちょっと違っていて、もう少しひっそりしてるだろ。そのひっそりした感じの、情緒というか、まああえて言えば『詩情』かねえ……」自分でも思いがけない言葉が飛び出した。

「うーん、『詩情』ねえ」と新司君は苦笑して、「そんなこと言うけどな、そもそも、ここは別に淋しくもないじゃないの」

それもそうだった。実際、もともとは三ノ輪銀座の名前を持っていたというこの商店街は、佐竹よりは人出が多くて賑わっている。なぜか靴屋が目につく。草履やサンダルや下駄が店の表に沢山並べられているのがいかにもこの土地らしくて面白い。しかし、わたしの感覚ではこの通りもまた、やはりほんの少しばかり淋しい感じがするのである。そして、このそこはかとない淋しさこそがわたしにとっての商店街の魅力なのだ。わたしたちは肩を並べて煙草をふかしながら、ジョイフル三ノ輪の端まで行き、そこで引き返してぶらぶら歩いているうちに、案外あっさりと出発点まで戻ってきてしまった。

「よし、じゃあ、淋しくない商店街に行こう、もう一つ」と、新司君。

「どこ?」

「砂町銀座」

「砂町っていうのは……？」

「江東区の、町名で言うと北砂かな。電車のアクセスがあんまり良くないんだな。亀戸駅から南に真っ直ぐ下って、徒歩ではたしか三十分くらいかかる。都営線の西大島の方が近いのかな。ここからはどう乗り換えて行ったらいいのか……。まあ、タクシーで行くか」

わたしたちは明治通りでまたタクシーを拾った。荒川区から江東区までと言うとずいぶんな距離のような気がしたけれど、意外に時間はかからなかった。タクシーは少し強くなってきた雨をついて走り、ほんの二十分ほどで「砂町銀座入口」という標識のところに辿り着いた。

砂町銀座商店街はたしかに淋しさとは無縁で、狭い通りいっぱいに買い物客がひしめいていた。これはアーケードのない商店街である。商店街の活気というものは、どうやら単に通行人の数というだけではなく、買い物にきた客たちの身のこなし、それから彼らの視線のすばやい貪欲そうな動きにいちばん良く反映されるのではないだろうか。ここは、歩いている人々に勢いがあるのだ。前から来る人と傘がぶつかるのを何とか辛うじてすり抜けるようにしながら、わたしたちは進んでゆき、客寄せの声を張り上げている売り手と客との間の賑やかな「コミュニケーション」に刺激されたのだろうか、わたしはつい、あさりの佃煮だのキュウリの漬け物だの鶏レバーの煮込みだのといった所帯染みた惣菜を、次々に買いこんでしまった。新ちゃんはそれを横目で面白そうに眺めている。

やがて通りが少々広くなり、人通りもいくぶん閑散としてきた。

「ちょっと疲れたねえ」とわたしは呟いた。雨の中、傘をさしての商店街めぐりで、実際、今日はずいぶん歩いた。それに続けて、「銭湯でもあったらひと風呂浴びたいもんだ……」という言葉を洩らしたとたんに、新司君があっ、と言って立ち止まった。指さす方向を見るとまさに「銀座湯温泉」という看板があるではないか。少々ぼろいが、まさに昔ながらの銭湯の門構えで、時代を経ているだけにむしろなかなかの風格がある。わたしたちは顔を見合わせて頷き合い、迷わずに入っていった。

入湯料四百円。それにタオル、ボディー・ソープ、シャンプーの小さな袋がセットになっているものが百円。銭湯に入るのも久しぶりだ。お湯は薬効のある茶色がかった冷泉を汲み上げ、それを沸かしているのだという。何しろ冷たい雨の中をずっと歩いてきて軀（からだ）が冷えきっていたので、生き返ったような思いである。

残念なのは、銭湯の定番と言うべき富士山の絵がなかったこと。きっと以前は、ガラス戸を開けて入った正面に、大きな画面で富士山だか何だか、とにかく気持の晴れ晴れするような絵が描かれていたに違いないが、それが損耗し、剝落した後、修繕する気がなかったのか、青いペンキでいちめん無造作に塗り潰されてしまっているのだ。それでも、イタリアあたりの海岸という思い入れだろうか、現実の世界にはどこにも実在しないような牧歌的な入り江の風景を描いたタイル画があり、それを見ながら、熱すぎる湯にうっと息を詰めて軀を沈めてゆく。しかし長くは浸かっていられず、早々に出て、腹に贅肉のつきはじめた男二人が洗い場に並ぶ。

「商店街には銭湯もある。こうでなくちゃいけないね」と、新司君。

「そうそう、銭湯も『商店』の一つなんだから。リラクセーションというのか、軀と心の癒しか。それを商品として売ってるわけだ」

「いや、それ以上に、この浴場がコミュニケーションの場そのものじゃないの、さっきのあんたの話で言えばさ」

実際、そうだった。顔見知りの客同士で、今晩の巨人戦の先発投手の予想などで話がはずんでいる会話の声が、湯気の立ち込めた浴場内に反響している。客の中には、背中に入れ墨をしょったちょっと怖そうな小父さんなんぞも混じっている。

脱衣所に戻って軀を拭く。ガラス戸の向こうに金魚の泳ぐ小池があり、その水面に小ぶりの松が枝を差しかけている。ガラス戸の前の椅子に陣取り、首にタオルを掛けたパンツ一丁の姿で、新司君と並んでペットボトルの茶を飲みながら、のぼせた頭が多少冷めてくるのを待つ。雨はまだ降りやまない。外に出ていくのが気が重いが、温泉の薬効もあってか、すっかり軀が温まった。

少し湿っている服をまた身につけるのはあまり気分が良くないが、仕方がない。自分にえいと気合いをかけるようにして、また雨の街路に出た。砂町銀座をもう一度端から端まで歩き、威勢の良い呼び込みの声が交錯する店々の賑わいが途切れかけた頃合いを見計らい、以心伝心で新司君と何となく頷き合うようにして、細道に折れてみる。このあたりもT字路の多い界隈である。迷路のような道筋をぐるぐる回っているうちに、しかしいつの間にか元の商店街の近くに戻ってきていたようで、いきなり思いがけずそのいちばん賑やかな真ん中あたりにぽんと突き当たった。これもまたT字路なのだ。気がつくと空気の中に夕暮れの気配が忍び寄っている。けっこう長かった一日がようやく終わったかなという気分にわたしはなった。

たまたま目の前に、小汚い中華料理屋が現われた。どうだい、と問いかけるような表情で新司君に向かって顎をしゃくってみせると、彼はうん、と一つ頷いて、何も言わずに先に立って戸を押して、店の中へどんどん入ってゆく。中途半端な時刻なので、客は他に誰もいない。

窓際のテーブルに向かい合って腰を下ろし、ビール、それから餃子でも貰うかな、と店の親父さんに言うと、餃子、ひと皿でいいの、と訊き返してくるので、いいよ、おれたち、腹減ってないからと答える。ビールで乾杯して、

「悪いね、すっかり付き合ってもらっちゃって」と新司君をねぎらった。

「いいよ。おれもたまにこういうのは、いい気晴らしになる」

「いやしかし、面白かった。今日回った中では、この砂町銀座がいちばん活気があるというか、『生きた』商店街という感じだったかな」とわたしが独りごとのように呟くと、

「ジョイフル三ノ輪だって良かっただろ」と、やや不満そうに新司君が念を押してきた。

「いや、もちろん良かった。三ノ輪だって良いし、そりゃあわれわれんとこの佐竹商店街だってね、決して悪くはないさ。何しろアーケードがあるしなあ。この露天の砂町銀座を歩いてみて、雨の日はやはりアーケードってものは有難いと改めてしみじみと思ったよ。あのね、パリには『パサージュ』ってものがある。まさしくアーケードで覆われた商店街……」

「パサージュって、通路っていうこと?」

「そう、もともとは通り抜けのための近道、脇道だったのかもしれない。一世紀半くらい前のことになるのかな、そういう通路がガラス屋根のアーケードで覆われて、夜になるとガス燈がぽっと灯る、ブルジョア向きの商店街が出来た。ナポレオン三世治下の、第二帝政の頃……」

「ナポレオン三世、とね……」知識をひけらかすような物言いになったわたしを冷やかすように、新司君は口をとんがらかしてみせる。

「そう。ブルジョワがちょっと着飾ってぶらぶら歩きを楽しむ、まあ、いくぶん贅沢な遊歩道というのか……」

「じゃあ、夕飯のお惣菜なんか売ってるようなのとは違って……」

「そう、庶民の暮らしの匂いのぷんぷんするような商店街ではなかったらしい。『パサージュ』っていうのは、今でもパリの真ん中に幾つか残っているよ。それはどれも何だから寂れた感じになっちゃってるんだけど、しかし二十世紀の初頭くらいまではとても魅力的な場所だったらしい」

ボードレールの時代の「パサージュ」というこの独特な都市風景に関しては、ドイツの思想家ヴァルター・ベンヤミンが、『パサージュ論』という大著を書いている。いや、彼はそれを書き上げたわけではなく、ただその主題をめぐって数多くの断章を書き、図書館の書庫に眠っていた文献から探し出してきた引用を集め、結局それを一冊の本にまとめることのないまま死んでしまった。ユダヤ人のベンヤミンは、ナチス・ドイツに占領されたパリを逃れてスペイン国境を越えようとする途中、発作的に悲嘆と絶望が募ったのか、自死を選んだのだった。

この大著は、未完に終わったという言いかたは実はたぶん当たらなくて、もともとベンヤミンにはそれを一冊のまとまった著書として構成しようという意志はなかったようだ。多種多様な共鳴作用のネットワークを張りめぐらせた断章群の集積という形態こそ、彼がめざしたこの仕事の本来のかたちであったらしい。風雨や寒さからガラス屋根によって保護され、足の向くまま気の向くままのあてどない遊歩（フラヌリー）を享楽することのできるようになったパリ市民の興味や好奇心が、それによってどのように変わったか。資本主義的商品のヴィジュアルな魅力に対する意識が、この「パサージュ」空間の内部でどのように刺激され、それがどんなふうに二十世紀の消費社会を準備することになってゆくか。ぽっと灯ったガス燈の明かりの揺らめきと、それがガラス屋根に反射してかたちづくられる光の戯れが、都市照明に対する彼らの感性をどのように研ぎ澄ましていったか。そうしたもろもろの問題を、ベンヤミンは、まるでそれ自体が曲がりくねった迷路状の路地や小路のような姿を呈している断片群の、蕪雑な集積と複雑な絡み合いによって、鮮烈に浮かび上がらせている。

「うん、パリだったら、やっぱり『パサージュ』ということになるか」と、わたしは自分に言い聞かせるようにもう一度呟いた。「しかし、日本の商店街はそれともぜんぜん違う。やっぱり世界に類のないものなんじゃないかな……」

「そんなご大層なもんかねえ」

「いやいや、ほんとにね……」とわたしが言いつのろうとするのを遮って、新ちゃんが、

「それはやっぱり、あんたはね……」と、首をかしげるようにしながらぽつりと言った。「あんたの場合、下町の商店街の味噌屋のせがれに生まれて、なのに結局、生まれた街を棄ててパリくんだりまで行っちまったわけだからねえ。そういうあんただからこその、何か過剰な思い入れなんじゃないの」

棄てる、という言葉にわたしは少しばかり胸を突かれ、新司君の顔をまじまじと見直すことになった。ぼんやりした微笑を浮かべつづけている彼には、しかしべつだん非難がま

しいことを言うつもりはないようだった。ただしそう言えば、この土地から出てっちゃった人間、とさっきも鳥越の喫茶店で言われたのだった。わたしに対してやはり何か含むところがあるのだろうか。

「いや、棄てたわけじゃない。棄ててはいないよ。こうやって今日みたいに、つい何となく帰ってきちゃうわけだしなあ」と言いながら、自分の声がつい言い訳がましい調子を帯びてしまうことに気づいて、何だかもどかしい思いが込み上げてくる。

店の親父が自分で餃子を持って来た。どうやら従業員も置かず、一人でやっている店らしい。一個おまけしといたよ、ふつうは五個なんだけどな、二人で喧嘩しないようにね、と親父さんが言う。皿にはなるほど餃子が六個のっていて、湯気を立てている。こういうのが下町の良いところだ。新司君は、その一個を酢醬油につけてさっそく頰張り、それを丁寧にゆっくりと嚙みくだいて吞みこんでから、

「しかしね……」と、顔を上げてわたしの顔を覗きこんだ。「まあ、とにかく、あんたには帰るところがある。帰るところがあるっていうのは良いことだ。だろ?」

「だな」と、わたしは短く答え、ビールを飲んだ。

何か含むところがあるのでは、というわたしの危惧や居心地の悪さは、もちろん彼に伝

わっている。それが伝わっているとわたしが知っていること自体も、たぶん伝わっている。そして、そんな詮索は杞憂だよとうわべだけ取り繕うといったことはせず、彼はただ、ある慰めだけをわたしに返してよこしてきた。

父が店を畳んで世田谷に引っ越したときのすったもんだを、そのとき町内に飛び交った様々な噂とともども、新司君は決して忘れていまい。その間、あるいはその後、わたしたち家族の間に生じた大小のごたごたについても、おおよその察しをつけているだろう。何しろ長い付き合いなのだ。

むろん、含むところはあるに違いない。そんなことを言うなら、わたしのほうにだって、故郷の土地に対して、新司君を含めそこに今なお暮らす顔見知りの人々に対して、多少なりと含むところがないわけではない。それはしかし、あからさまな言葉にして口に出したりはせず、心の中に「含んだ」ままにしておけばよい。それが友だち同士の礼儀というものだ。この礼儀を守っているかぎり、人と人とは友だち同士のままでいられるものだ。

「気が置けない仲」という言葉がある。遠慮したり気をつかったりする必要がなく、心から打ち解けることができる間柄という意味だろう。だが、細かな気づかいをする必要などないのは、むしろ自分にとってどうでもよい赤の他人との関係のほうではないか。どうでもよくない大事な友だちに対してこそ、とことん気をつかい、デリケートな配慮のかぎりを尽くすべきなのだ。新司君やわたしのような下町っ子はそのことをよく知っている。わたしが酒の席にあまり近寄りたくないのは、酔っぱらって（あるいは酔っぱらったふりをして）、馴れ馴れしく肩を叩いたりしながら、つい口を滑らせて（あるいは口を滑らせたふりをして）、相手を傷つけかねない本音をちらりと洩らすような粗雑で無神経な手合いが大嫌いだからだ。そんなことにぼんやり思いをめぐらせていると、

「佐竹通りの旦那衆もいろいろ頭を捻って、どうにかして客を呼び戻そうと頑張っているみたいだよ」と新司君がまたぽつりと言った。「まあ商店街ってものも、細々（ほそぼそ）とでも、何とか東京に残っていってほしいよな」

「まったくだ」

「今日は楽しかった」

「うん」

「またいつでもうちに寄ってくれ」

「おう」とだけわたしは言い、有難う、という言葉は胸の中に仕舞っておくことにする。

立て込んだ仕事の予定もあったろうに、平日の午後にいきなり現われたわたしに、何もかも放り出してまるまる半日付き合ってくれた。ぶらぶら歩きにかこつけて、わたしが何か深刻な相談事でも切り出すつもりなら、話に乗ってやろうくらいの心積もりで出てきてくれたのかもしれない。まったくもって、その通り――帰るところがあるというのは本当に有難いことなのである。

結局、T字路ばかりの街をうろうろ、ぐるぐる、歩きつづけるような歳月だった。テリトリーの境を越えて隣町まで行こうとして角を曲がってみると、道はすぐ、突き当たり。行きたいところに真っ直ぐ行き着けたためしがない。さてそこで、右へ折れるか左へ折れるか。考えて考えて考え抜いて決めたこともあれば、運と偶然に任せていい加減に決めたこともある。熟慮の挙げ句の選択だったつもりでいても、長い月日が経って振り返ってみれば、結局あれはサイコロを振って決めたようなものだったのだと気づいたりする。かと思えば、まったくの運任せで、えいやっとばかりに選んだ道筋のはずだったものが、はるか後年になって思い返してみると案外、無意識のうちに念入りな計算を重ねたうえでの選択だったのかもしれないと思い当たったりもする。たしかなことは、どっちにしても、あのとき右へ行かずに左に行っていたらよかったのにと悔やんだりしている閑（ひま）など、まったくなかったということだ。大小のT字路は、行路の途上に、次から次へとひっきりなしに現われつづけるのだから。そして、そのつどどちらへ曲がろうと、その選択に正解などあるはずがないのだから。

選んだ道はことごとく正しかったとも言えるし、ことごとく間違っていたとも言える。たぶん右でも左でも、どちらを採ろうと五十歩百歩、結果的には同じようなものだった、というのがことの真相に近いのだろう。そして、突き当たって曲がり、突き当たって曲がりを繰り返しているうちに、ぐるりとはなはだしい大回りをして、そのうち不意に、元の商店街の真ん中へぽんと出ていたりもするのだ。ならば、人生の最初に行き会ったT字路で、突き当たった地点に立ち尽くし、どちらへ曲がるか、幼い思慮をどれほど凝らそうと、どうしても決められず、長い長い逡巡の挙げ句、結局、今来た道をすごすごと引き返していたら——もしそうしていたら、どうだったのか。それもまた結果的には同じようなものだったと、そう言えるのだろうか。言ってもいいのだろうか。

まだ雨は降りつづいている。頭上に週刊誌をかざして走ってゆく男の姿が窓からちらりと見える。紹興酒でも、いってみるかな、と新ちゃんは少年の頃のままの悪戯っぽい笑顔になって、わたしの顔を覗きこんだ。わたしもたぶん同じような表情になって頷き、カウンターの後ろの親父に向かって声をかけた。

初出一覧

BB／PP――『群像』二〇一六年五月号
石蹴り――『群像』二〇一五年一月号
手摺りを伝って――『文學界』二〇一四年三月号
四人目の男――『群像』二〇一三年十二月号（『名探偵登場！』講談社、二〇一四年四月刊に再録）
ミステリオーソ――『群像』二〇一二年一月号
水杙――『新潮』二〇一二年一月号
ツユクサと射手座――『真夜中』二〇一一年春号
薄ぼんやりと、ゆらりと二つ――『東京人』二〇〇五年二月号
T字路の時間――『東京人』二〇〇二年八月号（初出時の題は「御徒町、三ノ輪、砂町銀座 下町商店街『遊歩（フラヌリー）』の愉楽」。本書収録に当たって大幅に改稿した）

松浦寿輝（まつうら・ひさき）
1954年東京生まれ。詩人、小説家。東京大学名誉教授。88年、詩集『冬の本』で高見順賞を受賞。95年『エッフェル塔試論』で吉田秀和賞、96年『折口信夫論』で三島由紀夫賞、2000年『知の庭園—19世紀パリの空間装置』で芸術選奨文部大臣賞、同年「花腐し」で芥川賞、05年『あやめ 鰈 ひかがみ』で木山捷平文学賞、同年『半島』で読売文学賞、09年、詩集『吃水都市』で萩原朔太郎賞、14年、詩集『afterward』で鮎川信夫賞、15年『明治の表象空間』で毎日芸術賞特別賞を受賞。

BB（ビービー）／PP（ピーピー）

二〇一六年六月二〇日　第一刷発行

著　者――松浦寿輝（まつうらひさき）

発行者――鈴木　哲

発行所――株式会社講談社
東京都文京区音羽二－一二－二一
郵便番号　一一二－八〇〇一
電話――出版　〇三－五三九五－三五〇四
販売　〇三－五三九五－五八一七
業務　〇三－五三九五－三六一五

印刷所――凸版印刷株式会社

製本所――黒柳製本株式会社

定価はカバーに表示してあります。

ISBN978-4-06-220031-8